ラテンアメリカ十大小説

木村榮一
Eiichi Kimura

岩波新書
1296

ラテンアメリカ十大小説——目次

目　次

グアテマラ
アストゥリアス(3章)
キューバ
カルペンティエル(2章)
メキシコ
フェンテス(6章)
ハイチ
ドミニカ共和国
ベリーズ
ホンジュラス
ジャマイカ
バルバドス
ニカラグア
エルサルバドル
パナマ
トリニダード・トバゴ
コスタリカ
ベネズエラ
ガイアナ
スリナム
仏領ギアナ
コロンビア
ガルシア=マルケス(5章)
エクアドル
ブラジル
ペルー
バルガス=リョサ(7章)
ボリビア
パラグアイ
チリ
ドノソ(8章)
アジェンデ(10章)
ウルグアイ
アルゼンチン
ボルヘス(1章)
コルタサル(4章)
プイグ(9章)

ラテンアメリカ地図

序――物語と想像力

物語のはじまり

実をいうと、ぼくはプロ野球の阪神タイガースを応援しています。といっても、球場に足を運んでメガホン片手に『六甲おろし』を歌うほど熱心なファンではなくて、テレビ中継のある時にのぞいてみるくらいです。それでも結構思い入れがあって、阪神が負けていたり、リードしている時でも相手チームの攻撃がはじまると怖くて見ていられなくなり、あわててチャンネルを変えるという何とも情けないファンです。

けれども、阪神が勝った日は、必ずそのあとのプロ野球ニュースを見ますし、以前はよく次の日の朝にスポーツ紙を買っていました。野球中継を見た後にプロ野球ニュースにチャンネルを合わせるのは、気分がいいので追体験をしたいという気持ちが働くせいでしょうが、では、スポーツ紙を買うのはどういう心理の動きなのだろうと自分でも不思議に思ったことがあります。試合の経過を知りたいのなら、映像で見ればいいのに、なぜか《言葉》で書かれたものを読みたいという思いが自分の中にあるようです。

テレビの中継と新聞の記事との最大の違いは何かと考えると、新聞記事の場合は言語化されている点で、そこに記者の想像力と読者のそれがそれぞれに働くということでしょう。「見事なピッチング」「目の覚めるようなヒット」「試合を決定づけた一球」などと書かれていたとすると、記者がどのようなプレーを思い描いて書いたのか、また読者がそこからどんなふうに想像をめぐらせ、理解するかはそれぞれに違っています。記者の言葉はもちろん事実にもとづくにせよ、つきつめればその人の主観であり、しかもそれが言葉にされたとたんに読み手の側に判断がゆだねられます。そこからどのような結論を導き出そうが読者の勝手なのです。つまり、一言でいえばあらゆる出来事は言語化された瞬間にそれは物語、すなわちフィクションに変わるということです。言葉にされた時点でそれは実際の試合ではなくなって、言葉の世界での出来事に変わり、しかもさまざまな解釈へと開かれることになります。

もちろん、このことは野球に限りません。よく小説が映画化されたのを見て、原作とまったく違うという人がいます。考えてみれば、至極当たり前のことで、たとえば「この上もなく美しい、ブロンドの若い女性」という一文が出てきたとすれば、ここから読者は文字通り百人百様のイメージを思い描くことでしょう。ところが、映画の中である女優がその役で登場してくれば、本を読んでイメージ化した女性像は一瞬にして崩れ去ってしまいます。このことひとつとってみても、小説と映画を別物として考えなければならないことは言うまでもありません。言い換えれば、映像に比べて言語のほうが、つまり映画よりも文学作品のほうがイメージの喚起力がはるかに個人的で多様だということです。

こうした物語の力はどこから生まれてきたのでしょう。開高健はエッセイ「才覚の人　西鶴」の中で、悪漢小説《ピカレスク》の根源は「石器時代の洞窟の炉辺談話からはじまる」と言っていますが、物語への欲求はおそらく人間が言葉を使うようになった時から生まれたと言っていいでしょう。人は強い印象を受けたり、深い感動を覚えた出来事を体験すると、それを言葉にして語りたくなりますが、それが物語の原型のひとつになっていると考えられます。

もうひとつの原型は、神話的な物語です。聖書をはじめさまざまな宗教の聖典は物語的なエピソードに充ちていますし、それ以外にも、自然神や聖人や奇跡にまつわる話、民話、伝説の類が無数にあります。さらに先に挙げたスポーツ紙の記事をはじめ、通俗的なゴシップ、身近な噂話、さまざまなエピソードなども視野に入れれば、ぼくたちは物語の海にとっぷり浸って生きているといっても過言ではありません。そして、この物語の豊かさを存分に伝えてくれるのが、本書で取り上げるラテンアメリカ文学なのです。

ラテンアメリカの文学、それも二〇世紀以降に書かれた小説の最大の特色は、その現実とフィクションとの関係性にあると言っていいでしょう。

現実からの創造

現実と物語、この両者はそもそもどのようにかかわっているのか、それについて個人的なものですが、ひとつエピソードがありますので、ここで紹介しておきましょう。二〇年近く前、スペインに滞在している時に、向こうで活躍している日本人の絵描きさんと親しくなりました。何度か会っているうちに、マドリッドから車で一時間ほどの小さな町にある自宅に招待されて出かけて行ったのですが、あの時は地元で作られた素晴らしくおいしいぶどう酒と奥様手作りの料理をごちそうになったうえ、楽しく歓談することができたので、今も忘れられない思い出になっています。

その時に、絵画や翻訳の話が出たのですが、少し酔いが回っていたのかつい口を滑らせて愚痴交じりに「絵画というのは色彩と形象を用いて創造を行うわけでしょう。その意味では創造的な仕事でしょうけど、翻訳というのはテキストがあって、それを日本語に移し替えるだけの作業です。ぼくはもちろん翻訳の仕事が大好きですから、むなしいなんて思わないんですが、時々ふとさみしいような気持ちに襲われることがあるんです」と言ったところ、その画家が次のように答えを返してきました。「いや、それは違います。ぼくにしても、何もないところから絵を描いているわけではなく、自然や風景、町、人々の営みなどをじっと見つめ、それをもとに絵を描いていきます。最近では、風景や自然を見つめていると、具体的なもろもろの形象がどんどんそぎ落とされていって、曲線を中心にした形に集約されると感じるようになりました。ですから、近頃自分の描く絵は抽象性が強くなっているのですが、その根にはちゃんと自分が見た現実があって、それを自分なりに写し取っているだけです。つまり、写し、置き換えるという意味では翻訳の仕事とそんなに変わらないと思います」という返事がかえってきました。

その言葉を聞いて、大いに励まされると同時に慰められました。その後あの言葉は記憶の底で眠り込んでいたのですが、ある時幻想文学についてあれこれ考えている時に、ふとあの画家の言葉を思い出しました。つまり、幻想文学もまた、抽象画と同じで、あくまで現実に基づきながら、そこから一見「現実ばなれ」した描写を生みだしているのではないかと思いあたったのです。読者にとってどれほど幻想的に思える作品でも、作者は何らかの現実に基づいて作品を書いているのです。例えば、アルゼンチンの作家ホルヘ・ルイス・ボルヘス(本書1章)の難解な作品もそういう視点から眺めて、あちこちに挿入されている人名や地名、書名、あるいは理解に苦しむような文章を抽象画の中に描かれている線描のように考えて読めば、解釈の幅が大きく広がるはずですし、一人ひとりの読者が自分なりのボルヘス像を作り出してゆくことができるに違いありません。そういえば、幻想的な作品をいくつか書いているガブリエル・ガルシア＝マルケス(本書5章)も、自分の書くものには現実に基づかないものは一つもない、という意味のことを言っています。

ラテンアメリカの特異性

ところが、今、現実と書きましたが、実を言うとラテンアメリカの場合はこれが一筋縄ではいかないのです。というのも、気候ひとつとってみても、広大なあの地域では北米地域に位置する亜熱帯のメキシコから、南端は南極圏に近いチリ、アルゼンチンまでが含まれています（巻頭地図参照）。その間には中米からコロンビア、エクアドル、ベネズエラ、ペルーにかけて熱帯雨林の広がっている地域があります。加えて、そこに暮らす人たちも実に多様で、大都会にはわれわれと変わるところのない生活を営んでいる人たちがいる一方で、地方都市の中にはヨーロッパ中世そのままの雰囲気を今も残している町があり、さらにアンデスの山間部へ行けばコロンブスによる《新大陸発見》前とほとんど変わらない暮らしをしているインディオがいます。また、熱帯雨林には石器時代を思わせる原始的な生活を営んでいる原住民もいますし、民族的にもスペイン人をはじめ、インディオ、ヨーロッパの国々からの移民、かつて奴隷として連れてこられた黒人を先祖とする人々といったように驚くほど多様な人々の住む世界が広がっています。

現代社会に生きているぼくたちは、地表のどこでも歴史的時間が均一に流れているように思いがちですが、必ずしもそうとは言い切れません。たとえば日本でも、古い建造物を大切に保存している地方の町を訪れると、時間がひどくゆったり流れているか、あるいは止まっているように思えることがあります。これがラテンアメリカでは途方もないスケールで起こっているのです。

そのことはたとえば、キューバの作家アレホ・カルペンティエルの『失われた足跡』（本書2章）やペルーのマリオ・バルガス＝リョサの『緑の家』（本書7章）を読めばただちに実感されるはずです。こうした作品を読むと、改めてラテンアメリカというのは文字通り現代社会から原始的な時代までが共存している多様きわまりない世界だということがよく分かります。

中世の心性をのこす

ここで、ラテンアメリカの歴史を少し振り返ってみると、新大陸は一五世紀末にコロンブスによって《発見》され、その後約三世紀間スペインの植民地として統治されます。植民地時代は、セルバンテスの『ドン・キホーテ』を所有しているだけで異端審問にかけられるほど厳しい検閲制度が敷かれていました。書籍で輸入が認められていたのはカトリック関係の本や宗教色の強い演劇と詩くらいのもので、思想書や小説といった散文の輸入は厳しく制限されていました。しかも、新旧両大陸の間には大西洋という障壁もあって、地理的に隔絶していたので、当時のラテンアメリカの人たちは中世末期の心性を残したまま閉ざされた世界に生きていたと言ってもいいでしょう。

ラテンアメリカが独立するのは一九世紀に入ってからですが、独立後も政治的、社会的混乱が長く続き、それが十分に解消されないまま二〇世紀をへて現在まで続いています。その意味では歴史的に大変若い大陸であると同時に、現在もまだとても古い中世的なものも残していると言っていいでしょう。また、先述のように植民地時代だけでなく、独立後もスペイン人や先住民はもちろん、さまざまな民族の入植者や移民がやってきますし、アフリカからも労働力として黒人奴隷が大勢つれて来られたのですが、こうした民族的な多様性がそのまま文化的な多様性となってあらわれている点にも新大陸独自の文学を生み出す土壌があると言えます。

新しい文学の胎動

さて文学に限ってその歴史を振り返ってみると、一九世紀末のラテンアメリカ諸国にニカラグアの詩人ルベン・ダリーオを中心にして《近代派《モデルニスモ》》と呼ばれる、詩を中心にした運動が起こってきますが、この運動によって新大陸の文学はようやく独り歩きをはじめたと言えます。

しかし、一九一〇年代に入るとヨーロッパの前衛主義運動の影響を受けた若い世代の詩人たちが登場してきます。同じ頃にガブリエラ・ミストラルという女性詩人が登場してきますが、彼女は《近代派》の影響を受けて詩作をはじめ、やがて生の悲しみをうたう一方、温かい眼差しで弱者や子供たちを見つめた詩を発表します。彼女はその詩業によって一九四五年にラテンアメリカではじめてノーベル文学賞を受賞しています。

さらに詩の分野で見落とすことができないのが独自のすぐれた詩によって一九七一年にノーベル文学賞に輝いたチリのパブロ・ネルーダと、現代詩に新しい一歩を刻み、詩論、文明論でも重要な著作を書いて、一九九〇年にノーベル文学賞を受賞したメキシコのオクタビオ・パスの二人です。

けれども、ラテンアメリカの文学が世界に衝撃を与えたのは何よりも散文、つまり小説の分野においてでした。三〇年代から四〇年代にかけて登場してきたのがアルゼンチンのホルヘ・

ルイス・ボルヘスとキューバのアレホ・カルペンティエル、それにグアテマラのミゲル・アンヘル・アストゥリアス(本書3章)です。この三人を先駆者としてやがて六〇年代から八〇年代にかけて爆発的な勢いで次々に重要な作品が生まれてきて、ラテンアメリカ文学《ブーム》と呼ばれるようになります。先駆的な三人の作家に共通しているのは、ともに若い頃ヨーロッパに滞在し、そこで前衛主義運動の洗礼を受けていることです。

二〇世紀初頭にはじまった未来派、表現主義、ダダイズム、そしてシュルレアリスムへと続く前衛主義運動は、既存の価値観にもとづいた芸術をすべて否定し、新しいものに美や驚異を見出そうとする運動として知られています。若い頃にヨーロッパに渡ったボルヘスやカルペンティエル、アストゥリアスには、新たな芸術の創造を目指す運動がきわめて清新で刺激的なものに映ったことは疑い得ません。その運動のおかげで、彼らは旧大陸の文化的、芸術的伝統の重圧に押し潰されることなく、ヨーロッパの芸術家たちと同じスタート・ラインに立つことができると感じるようになったのです。

次の世代の作家たち、つまりフリオ・コルタサル(アルゼンチン、本書4章)、ガルシア＝マルケス、カルロス・フェンテス(メキシコ、同6章)、バルガス＝リョサなど《ブーム》の中心的な作家たちもまた例外なくヨーロッパ、アメリカで暮らした経験がありますが、彼らもやはり外国に出て外から自分たちの大陸や祖国を眺め、そこの現実を新たな目で見つめ直すことによって、新大陸を再発見したといっても過言ではありません。

ラテンアメリカ文学のさまざまな作品が、ヨーロッパやアメリカにおいて熱狂的に迎えられ、世界文学に大きな衝撃を与えたことはよく知られていますが、なぜこのような現象が起こったのかについてはいろいろな説があるものの、いまだに定説と呼べるものはないようです。

言語の処女期

その点について考える上で、ウラジミル・ウェイドレが『芸術の運命——アリスタイオスの蜜蜂たち』の中で示唆に富んだことを言っていますので、以下に紹介しておきましょう。

イタリアの批評家キアリーニがレオパルディにかんする著書のなかでみごとに展開している考えによれば、偉大な詩人がその天才の花を咲かせるのに最も適した条件は、かれの使用する文学語がまだ幼年期にあるような時代に生きるという幸運にめぐまれることだという。……この見解をすこし修正して、ある国語の青年期を一方におき、その国語の内部で根本的・決定的な変革がなしとげられた時期をこれとならべてみるならば、この見解をすべての国の文学に適用することができよう。シェイクスピアやフランスのプレイヤッド派の詩人たちのばあいにせよ、若きゲーテの抒情詩やプーシキンのばあいにせよ、詩の創造は、いつもある程度言語的創造と時期をおなじくしているのである。これらの詩人たちがその作品を創造した国語は、いずれもまだ処女期にあり、未来に無限の約束をはらんでいた。……このような時期において詩人がもちいるすべての言葉は、それが意味する事物にこのときはじめて冠せられたかのような新鮮さにみちている。すべてのリズム、すべてのイメージが、自由にあふれるように流れる創造力の結実であるかのようにおもわれる。

この一節をもとにラテンアメリカ文学を考えると、植民地時代を通じて中世末期のまま凍結されていた言語が、独立以後徐々に解凍しはじめ、《近代派》においてようやく目覚め、そこにルベン・ダリーオという天才詩人が生まれてきたと言えるでしょう。

詩よりも少し遅れてやってくる散文の場合、一九三〇～四〇年代に幼年期を迎え、六〇年代から八〇年代にかけて青年期に達したことになります。したがって「すべての言葉は、それが意味する事物にこのときはじめて冠せられたかのような新鮮さにみちている」時期にあったと考えられます。つまり、新大陸のスペイン語そのものが文学語として幼年期から青年期を迎えた。その恵まれた時期にボルヘスからガルシア＝マルケスを経て、マヌエル・プイグ（アルゼンチン、本書9章）にいたる作家たちが生まれてきたのです。

それともう一点、忘れてはならないことがあります。二〇世紀というのは小説のジャンルにおいてさまざまな実験の行われた時代でもありました。バーナード・バーゴンジーという批評家が『現代小説の世界』の中で、プルーストとジョイスを「一九世紀小説の墓掘り人」と呼んだイタリアの作家モラヴィアの言葉を引いて、小説という石切り場は最後に残された岩層まで掘り尽くされ、一九三〇年代以降の小説はもはや小説でなくなったと述べています。しかし、ラテンアメリカ文学を見渡した時、その暗い予測が的外れであったことに気がつきます。というのも、ボルヘス、カルペンティエル、アストゥリアスが登場してきたのがまさしく一九三〇年代以降だからです。

ヨーロッパの二〇世紀文学というのは、ヌヴォー・ロマンに象徴されるように実験的な小説の時代でもあったのですが、ラテンアメリカの作家たちの場合、どれほど実験的な手法を用いても、小説のもっとも本質的な要素である物語性が失われていません。つまり、どの小説を読んでも物語としての面白さを十二分に味わわせてくれるのです。言語がみずみずしい生命力にあふれている時代に生まれ合わせた二〇世紀のラテンアメリカの作家たちは、その言語を伸びやかに駆使しながら失われていた物語を小説の中によみがえらせたのです。ラテンアメリカ文学《ブーム》と呼ばれる現象が生まれてきたのは、以上に述べたようなことがその背景にあると考えられます。

腐葉土としての民話、伝説

ラテンアメリカ小説の豊かな物語性を支えている特殊な「現実」感覚は、今述べたようなある種の《若さ》だけでなく、同時に《古さ》にもその特徴があると言っていいでしょう。序の最後に何人かの作家の言葉を紹介しておくことにします。

司馬遼太郎の『愛蘭土《アイルランド》紀行　Ⅰ・Ⅱ』にはラフカディオ・ハーン（小泉八雲）にまつわる面白い話が出てきます。彼は熱心なカトリック教徒である大叔母の手で育てられたのですが、幼い頃から極度に臆病だったので、大叔母はそれを矯正しようとして暗い部屋で寝るように言いつけました。しかし、そのせいでいっそう臆病な子になったそうです。この大叔母もやはりアイルランド人、つまりケルト系の人だったので、ハーン少年にさまざまな民話や伝説を語って聞かせたにちがいありません。ハーン少年が成長して、世界を巡り歩いた後に日本にやってきて、『怪談』をはじめとするさまざまな著作を残したというのはおもしろいですね。この『怪談』は古くから日本に伝わる怖い話を奥さんがハーンに語って聞かせたのがもとになっているそうですから、民話や伝説の力というのはなかなか侮れません。そういうものを迷信だといってあっさり切り捨てる人は、文化の基底にある大切なものを切り捨てているわけですし、こと文学に関してはそうした民話、伝説が腐葉土のように地味を豊かにしていることを忘れてはなりません。

実を言うと、ガルシア＝マルケスもハーンによく似ています。いや、単に似ているだけではありません。というのも、ガルシア＝マルケスは幼い頃事情があって、祖父母の手で育てられたのですが、祖母がケルト人の多いことで知られるスペイン北部のガリシア地方出身で、ケルト人の血を引いていたのです。そんな祖母が幼い彼をつかまえて、身の毛のよだつような恐ろしい話や信じがたい民話、伝説を語って聞かせたのですから、彼がハーン少年と同じように臆病な子供に育ったのも無理はありません。

やがて成長したガルシア＝マルケスは、現実離れした事件が次々に起こる一族の歴史を小説に書こうと考えるのですが、どうしても文体が決まらずに苦しんでいました。つまり、現実にあったことと幻想的というほかはない奇妙な事件とが渾然と溶け合った世界を描くにはどうすればいいか分からなかったのです。そんなある日、非現実的な出来事を今見てきたばかりだというように表情ひとつ変えずにしゃべっていた祖母の語り口を生かせばいいのではないか、そう考えて完成させたのが『百年の孤独』です。つまり、この作品の背後にはケルト人が語り伝えてきた民話、伝説の語り口が息づいているのですね。

のちに彼は幻想的な性格を備えた自分の作品について次のように語っています。

（祖母にとっては神話や伝説、民間の信仰といったものが）ごく自然な形で日常生活の一部になっていたんだ。祖母のことを考えていてふと、作り話をしていたのではなくて、単に予兆や癒し、予感、迷信に満ちた世界を素直に受け入れていただけなのだ。そしてそうした世界がわれわれにとってなじみぶかい、きわめてラテンアメリカ的なものだということに思い当ったんだ。たとえば、われわれの国にはお祈りを唱えると、牝牛の耳から蛆虫《うじむし》がぞろぞろ這い出してくるという人間がいるだろう。ああいう人間を思い浮かべてみればいい。ラテンアメリカの人間であるわれわれの日常生活にはそうした事例がいくらでも見つかるはずだよ。

（R・クレマデス、A・エステーバン『ミューズが訪れる時』）

「お祈りを唱えると、牝牛の耳から蛆虫がぞろぞろ這い出してくる」というのは、どう考えても魔術ですが、ガルシア＝マルケスが生まれたカリブ海沿岸では今も魔術的なものが生きています。ハイチを中心とするカリブ海沿岸の多くの国では、西アフリカに起源を持つ魔術的な宗教ブードゥー教が今も信仰されているのです。

魔術的な現実

カルペンティエルの小説『この世の王国』は一八世紀から一九世紀にかけてのハイチが舞台になっています。ここに出てくる逃亡奴隷のマッカンダルは、追手から逃れるために、イグアナ、蛾、犬、ペリカンとさまざまに姿を変えて逃走するのですが、この変身は魔術を信じている黒人奴隷たちの目に映る現実なのです。カルペンティエルのこの作品にはほかにも魔術的な要素がふんだんに盛り込まれています。

アストゥリアスの作品にも特異な世界が描かれています。幼い頃マヤ族のインディオと一緒に育った彼は、彼らのものの見方や神話、伝説をよく知っていて、それを作品に投影させています。その点についてはのちほど触れるとして、彼はインディオのものの見方について面白いことを言っているので紹介しておきましょう。彼はある対談の中で宗教的、祭儀的な下地のあるマヤ族や混血の人たちを取り上げて、彼らには魔術的な想像力が備わっていて、雲や岩が人間、あるいは巨人に姿を変えることがあると述べ、こう続けています。

たとえば、泉へ水を汲みにいった女性が深い淵に落ちたり、男が落馬したとします……。その場合、彼らは女性が淵に落ちたとは考えないのです。淵がその女性を蛇、あるいは泉に変える必要があった、だからその女性を呼び寄せたのだと考えます。落馬した男の場合も同じで、いつもより酒を飲みすぎたために落馬したのではなく、馬から落ちたときに頭を石にぶつけて割れたのなら、石が彼を呼んだのであり、溺れ死んだのなら、川、あるいは小川が彼を呼び寄せたのです。……《魔術的リアリズム》がインディオ特有の心性と深く結びついていることは言うまでもありません。

（G・ローレンツ『ラテンアメリカとの対話』）

この言葉からも分かるように、アストゥリアスもまたインディオ特有の魔術的なものの見方や考え方を取り入れて、作品に投影させているのです。

以上に挙げた三人に限らず、ここで取り上げるラテンアメリカの作家たちは、それぞれに新しい小説の技法を模索しつつ、同時に小説の原点とも言える物語へと回帰している点は強調しておかなければなりません。

本書ではこうしたラテンアメリカの物語のなかから「十大小説」としてまず読まれるべき作品、作家を紹介し、その中で歴史や神話、特異な現実、独裁制など、ラテンアメリカならではの問題に光を当てて行きたいと考えています。なお、本書ではポルトガル語圏のブラジルの文学は取り上げていませんので、その点はここでお断りしておきます。

1

ホルヘ・ルイス・ボルヘス『エル・アレフ』
——記憶の人、書物の人

階段の下の方、右に寄ったところに耐えがたいほど強い光を放っている虹色の小さな球体が見えた。最初、それが回転しているとばかり思っていたが、しばらくしてその運動が、中に閉じ込められている目くるめくような光景が生み出す幻影だということに気がついた。エル・アレフの直径は二、三センチメートルだったと思うが、その中に宇宙空間がそのままの大きさですっぽり収まっていた。一つ一つの事物が(いわば鏡面のように)無限になっていた。というのも、私は宇宙のあらゆる視点からそれをはっきり見ていたからだった。私は大勢の人でごった返している海を見た、夜明けとたそがれを見た、アメリカの群衆を見た、黒いピラミッドの中心にある銀色のクモの巣を見た、壊れた迷宮(それはロンドンだったが)を見た、鏡を覗き込むように私の様子をうかがっている無数の目を間近に見た、地球上のすべての鏡を見たが、そのどれにも私は映っていなかった。ソレール街の中庭で、三〇年前にフライ・ベントスにある家の玄関で見たのと同じタイルを見た、ぶどうの房を、雪を、タバコを、鉱脈を、水蒸気を見た、熱帯の凸面状の砂漠とその砂の一粒一粒を見た……。アルクマール〔オランダ北部の小都市〕の書斎で二枚の鏡によって無限に増幅されている地球儀を見た、明け方のカスピ海の海岸をたてがみを乱して走る馬たちを見た、手のほっそりした骨格を見た、戦闘で生き残ったものたちが絵葉書を送っているところを見た、ミルザプル〔インド北部の町〕のショーウィンドーにあったスペインのカードを見た、温室の床に斜めに影を落としているシダを見た、虎やピストン、バイソン、波のうねり、それに軍隊を見た、地上のすべてのアリを見た、ペルシアの天体観測儀を見た、机の抽斗にベアトリスがカルロス・アルヘンティーノに宛てて書いた卑猥で詳細な信じがたい手紙を見た(その文字を見て私の身体は震えた)、チャカリータ墓地の敬愛されている慰霊碑を見た、かつていとしいベトリス・ビテルボであった人のぞっとするような遺骨を見た、体内を流れる私の黒い血を見た、恋のもつれと死による変化を見た、あらゆる角度からエル・アレフを見た、エル・アレフの中に地球を、ふたたび地球の中にエル・アレフを、エル・アレフの中に地球を見た、自分の顔と内臓を見た、君の顔を見た、私はめまいを覚え、泣いた、というのも私の目は人間によってその名を不当にも奪われはしたが、誰一人実際に見た人のいない秘められた推測上の物体、すなわち想像もつかない宇宙を見たのだ。

私は限りない崇拝の念を、限りない哀れみを感じた。

(「エル・アレフ」)

ボルヘジアンたち

世界にはその著作はもちろん、翻訳したものや雑誌に掲載したエッセイ、入手困難な冊子に至るまで、ボルヘスの手になるものならどんなものでも集める、ボルヘジアンと呼ばれる奇妙な人たちが存在しています。むろん比較にはなりませんが、ひょっとするとぼくもそのひとりかもしれません。というのも、以前スペインで暮らしていた時に、偶然スーパーマーケットでボルヘス印のドライ・フルーツを発見し、それがうれしくて毎日のように買ってはぽりぽりかじりながらボルヘス全集を繰った記憶があります。ちなみに、商標に出ているボルヘスというのはポルトガル資本の会社で、アルゼンチンの作家ボルヘスとは直接関係がないようです。

余談はさておき、ジョージ・スタイナーといえば博覧強記のお手本のような文芸批評家・研究者で、ケンブリッジをはじめヨーロッパとアメリカの大学で文学を講じていたのですが、彼もまたボルヘジアンのひとりです。しかし、上には上がいるもので、ボルヘスの名がまだあまり知られていない一九五〇年代に、リスボンの小さな書店の奥まった一室で、これぞボルヘジアンという人物に出会い、その人からカフカやヴァージニア・ウルフのボルヘスによる翻訳や、当時絶版になっていた奇覯書『わが希望の大きさ』(一九二六)を見せられて、彼は切歯扼腕したという話が伝わっています。

このスタイナーがボルヘスの博識ぶりについて、次のように述べています。

フランスの明敏なある批評家は、教養人でさえ、古典や神学の知識となると浅薄なものしか持っていない無学の深まりゆく時代には、博識はそれ自体、一種のファンタジーであり、シュルレアリスティックな構築物であると論じた。全知とはいかないまでも、一一世紀の異端派の断片から、バロック期の代数学、アラル海の動物誌にかんするヴィクトリア朝の鬱然たる大著へと動きまわりながら、ボルヘスは反世界を築く。彼の精神が意のままに魔法を行える完璧に首尾一貫した空間を築く。

（『脱領域の知性』）

スタイナーが呆れるほどの博識というのですから、驚くほかはありません。ボルヘスが何カ国語にも通じていて、しかも気の遠くなるほど多くの本を読んでいたことはよく知られていますが、それ以上に驚かされるのは彼の記憶力です。たとえば、何十年も前に一度聞いただけのペルシア語の詩を、意味も分からないのにすらすら朗読したとか、年老いてから若い頃に読んだ本が話題に上った時に、その内容はもちろん、余白に書きつけた自分の覚書まで記憶していたというエピソードが伝わっています。

調べたばかりの単語の意味を忘れてしょっちゅう辞書を引きなおす人間から見れば、夢のような話で、羨ましい限りなのですが、本人はそのことを必ずしも恵まれた能力と考えていなかった節があります。たとえば、『伝奇集』（一九四四）に収められている「記憶の人フネス」という短篇では、主人公のフネスはプリニウスの『博物誌』をラテン語の辞書だけを頼りに読み、しかもそれを丸々暗記してしまいます。「ひと目見ただけで一本のブドウの木のすべてのつる、房、実のひとつひとつを知覚し」ますし、「一八八二年四月三〇日の明け方の南の空にかかっていた雲の形を覚えていて、それを記憶の中で、たった一度しか見たことのないスペイン装の本の大理石模様の縞とケブラーチョの戦闘（一八八六年、ウルグアイで起こった若者達の反乱）の前夜にネグロ川で櫂が作り出した泡の描く曲線とを比べることができ」るのです。フネス本人は、《世界が誕生して以来人類が持ち続けてきた記憶、それよりも大きな記憶を私一人で持っています》と語っています。あまりにも膨大な記憶の重圧に耐え切れなくなったフネスは、若くして病を得て死んでしまうのですが、このストーリーには、ボルヘス自身の人並みすぐれた記憶力に恵まれた自分自身を葬り去りたいという気持ちがこめられているように思えます。記憶力が異常なまでによすぎると、人はとても生きていけないといったストーリーを考えつくのは、ボルヘス以外にまず考えられないでしょう。

眼鏡の天才少年

アルゼンチンの作家ホルヘ・ルイス・ボルヘスは一八九九年にブエノスアイレスに生まれました。大学で教鞭をとり、弁護士の資格も持っていた父親のホルヘ・ギリエルモ・ボルヘスはイギリス風の教養人で、作家になりたいという夢を抱いていましたが、その父親の影響を受けて、彼も幼い頃から作家になりたいと考えていました。すでに七歳の時にギリシア神話に想を得て物語を書き、九歳の時にはオスカー・ワイルドの『幸福の王子』をスペイン語に訳しています。その訳が新聞に掲載されて評判になり、誰もが父親の訳したものだと思って、ホルへ・ギリェルモに祝辞を述べたというエピソードが伝わっています。九歳の子供が『幸福の王子』を訳したというのは驚きですが、実を言うと、祖母のフランシス・ハズラムがイギリス人で、彼は幼い頃からスペイン語と英語のバイリンガルとして育ったこと、父親がまだ幼い彼と妹のノラにイギリスの詩を毎日のように朗読して聞かせたことが、大きく作用しているに違いありません。

公教育に否定的だった父親は、イギリス人女性を家庭教師として雇って教育をつけさせるのですが、いつまでも家庭教師に教えさせるわけにいかなくなり、九歳の時に近くの下町にあった小学校に四年生として編入させます。ボルヘスの一族は目の悪い家系で、彼も幼い頃から分厚いメガネをかけ、しゃべる時に少し吃音癖がある上に、イギリス仕立てのツイードの服を着て通学したものですから、いじめの格好の標的になりました。けんかが弱く、ひどいいじめにあったのですが、彼は殴られても蹴られてもひるむことなく相手に立ち向かって学校に通い続けたそうです。

そう言えば、メキシコのノーベル賞詩人オクタビオ・パスも父親が政治抗争に巻き込まれて亡命し、一時アメリカで暮らしたのですが、帰国後アメリカ帰りだといってひどいいじめにあっています。少年時代の二人はともにいじめにあって生傷が絶えなかったそうですが、やがてラテンアメリカ、いや、二〇世紀を代表する世界的な作家になったというのは意味深いことに思えます。

ヨーロッパへ

ボルヘスが一五歳になった一九一四年、父の眼疾が悪化し、手術を受けるために一家はヨーロッパに移り住み、以後一九二一年までの約七年間ヨーロッパで暮らします。最初一家はジュネーヴに居を構えたので、ボルヘスはそこのカルヴァン学院に通います。授業はフランス語で行われていましたが、ラテン語教育にも熱心な学校だったので、ボルヘスは二つの新しい言語と格闘することになりました。この頃のエピソードとして、両親から誕生祝に何がほしいかと訊かれて、『ブロックハウスの百科事典』と答えたという話が伝わっています。そして、その百科事典を読むために独学でドイツ語を修得し、暇があるとドイツ・ロマン派の詩人たちの詩集を読んでいたそうです。アルゼンチンに帰国するまでの間、一家はヨーロッパを転々としますが、その時期にボルヘスは前衛主義運動の影響を受けます。とりわけ、ドイツの表現主義からは多くのことを学んだと後年語っています。スペイン滞在中はあの国の前衛主義運動ウルトライスモに参加し、帰国後はアルゼンチンでその運動を広めようとしました。

図書館員となる

帰国すると、詩やエッセイ、短篇を発表しますが、一九三五年に出版した『汚辱の世界史』の初版は当初わずか三七部しか売れなかったそうですから、当時はまったくといっていいほど無名だったのですね。この頃、父親が眼疾に加えて心臓まで悪くなったために経済的に逼迫した状況に追い込まれます。彼は少しでも家計の足しにしようと、雑誌に書評やエッセイ、短篇を書きますが、それだけではとてもやってゆけず、一九三六年から市立図書館の職員として勤務するようになります。この時期にボルヘスは、通勤の行き帰りの市電の中でイタリア語と英語の対訳でダンテの『神曲』を読み、大きな影響を受けたとのちに語っています。それがやがて短篇「バベルの図書館」や「エル・アレフ」、あるいはエッセイ集『ダンテをめぐる九つのエッセイ』(一九八二)として実を結ぶことになります。

ボルヘスといえば、たいていの人は膨大な書物に囲まれた書斎で執筆と読書三昧の日々を送っていたかのように思いがちですが、実際は晩年にいたるまで人生の荒波に翻弄され続けたといっても過言ではありません。というのも、一九三八年に闘病生活を送っていた父親が亡くなり、後で述べるように同じ年の年末には彼自身が思わぬ事故にあって生死の境をさまようことになります。また、一九四六年に独裁者ペロンが政権を握ってからは、批判的な文書にサインしたというのでさまざまな嫌がらせや迫害にあい、ついには図書館員の職を追われてしまいます。一九五五年、一〇年に及ぶペロン政権もついに倒れて、彼は脚光を浴びるようになり、さらに国立図書館の館長に任命されるのですが、その頃から目が完全に見えなくなります。

盲目の作家として

彼は盲目になってからも詩集や短篇集、エッセイを書き続けますが、そうしたことができたのは母親をはじめまわりの人たちの助けがあったからにほかなりません。

その時期の協力者の一人マリーア・エステール＝バスケスは彼の創作法について次のように証言しています。

ボルヘスは風変わりな方法で創作を行っていました。散文の書き出し、あるいは韻文の詩の第一行に当たる五つか六つの単語を読み上げると、すぐにそれを相手に読ませるのです。その間彼は目に見えない原稿用紙に文字を書くように、右手の人差し指で左手の手のひらに文字をなぞっています。次の単語が見つかるまでその章句を一度、二度、三度、四度と何度も繰り返し読ませ、次にまた五つか六つの単語を読み上げます。その後すぐに、それまで書き溜めたものを読ませます。句読点を入れて読むので、こちらも同じように読まなければなりません。その断章を次の章句が見つかるまで何度も読ませて、その間自分は手を動かしています。わたしはわずか五行の短い文章を繰り返し一二回読んだことがあります。……ですから、手直しする必要のない原稿を半ページばかり書き上げるのに、二時間も三時間もかかるのです。

生死の世界をさまよったのちに

話を一九三八年に戻しますと、その年のクリスマスの日、帰宅した彼はエレベーターが故障していたので、階段を急いで駆け上がりますが、たまたま踊り場の窓が開け放たれていたためにその角に頭をぶつけて大怪我をしました。さらに搬送先の病院の処置が悪かったものですから、敗血症にかかり丸二週間四〇度近い高熱が続いて文字通り死の一歩手前まで行ったのです。

ようやく意識が回復した彼は、真っ先にC・S・ルイスの『沈黙の惑星を離れて』(英語版)を読んでほしいと母親に頼みました。二、三ページ読み進んだところで突然泣き出したので、母親がびっくりして理由を尋ねると、高熱が続いている間中悪夢にさいなまれて、頭がおかしくなったと思い込んでいたので、読んでもらった本が理解できてうれしくてたまらなかったのだと語ったそうです。

死の世界から生還した彼が書いた最初の作品が短篇集『伝奇集』に収められている「『キホーテ』の作者ピエール・メナール」です。主人公のピエール・メナールはフランスの詩人で、サンボリストらしく世界を象徴的な記号の集合としてとらえて詩作を行う一方、デカルト、ライプニッツ、ライムンドゥス・ルルス、あるいはチェスにまつわるエッセイを書いているのですが、ある時セルバンテスの『ドン・キホーテ』を書こうと決意します。最初は一七世紀の人間であるセルバンテスになりきってあの時代のスペイン語を身につけて書こうとしますが、しばらくしてそれでは簡単すぎると考えるようになります。彼は二〇世紀の人間である「ピエール・メナールでありつづけ、ピエール・メナールの経験を通して『キホーテ』を書」かなければ意味がないと考えるのです。その後ボルヘスは溜息が出るような博識ぶりを発揮して脱線逸脱しながらストーリーを展開させていきます。

面白いのは、セルバンテスの『ドン・キホーテ』の一節とメナールが書いたとされるそれとを並べて引用している個所です。なんとボルヘスはまったく同じ文章を引用しておいて、しれっとした顔でその違いとメナールの斬新さをまことしやかに説明して見せるのです。読者はここを読んで一瞬戸惑いを覚えつつも、きっと大笑いされることでしょう。なんとも人を食った話ですが、これに続くところで次のような一文が出てきます。「メナールは（おそらくそのつもりはなかったのだろうが）新しい技法で、初歩的な段階から一歩も進歩していなかった読書術をより豊かなものにした。それが、意図的なアナクロニズムと本当の作者を隠して読者を戸惑わせるという技法である」。

文学という言語遺産は後世の人たちに残されたこの上ない贈り物であり、しかも古典の場合はそこに時間（歴史）という厚みが加わります。一七世紀のはじめにセルバンテスが書いた『ドン・キホーテ』、そして当時の読者が読んだ『ドン・キホーテ』、それとわれわれ現代の読者が読む『ドン・キホーテ』、それらはそれぞれに違ったものなのです。なぜなら、「古い書物を読むということは、それが書かれた日から現在までに経過したすべての時間を読むようなもの」(『ボルヘス、オラル』一九七九)だというのがボルヘスの見立てだからです。

呪縛を逃れて

彼が生死の境をさまよった後にこの短篇を書いたというのは意味深いことに思われます。先に「記憶の人フネス」を取り上げた時に、ボルヘスは自分の異常なまでにすぐれた記憶力を必ずしも恵まれた能力だと思っていなかったにちがいないと言いましたが、あまりにも記憶力のいいことが彼にとって一種の重荷、あるいは呪縛になっていたのでしょう。そうでなければ、あのような作品が生まれてくるはずがありません。二週間高熱にうなされ、死の世界から生還した後にボルヘスが書いた最初の作品が、従来の作品には見られない独自のユーモアをたたえ、またその記憶力＝博識ぶりが遺憾なく、かつ自在に発揮された「『キホーテ』の作者ピエール・メナール」だということは象徴的と言っていいでしょう。

ライプニッツ、デカルト、ジョン・ウィルキンズ、あるいはチェスについてのエッセイを書き、サンボリズムの詩人でもあったピエール・メナールというのは、他でもないエッセイ集『論議』(一九三二)に収められている「カバラ擁護」「物語の技法と魔術」、あるいは『続審問』(一九五二)の「城壁と書物」「ジョン・ウィルキンズの分析言語」「古典について」などのエッセイや数多くの詩を書いているボルヘス自身でもあるのです。死と狂気の世界をさまようことによってようやく記憶力の呪縛から逃れたボルヘスの新たな出発となる作品、それが「『キホーテ』の作者ピエール・メナール」と言えるでしょう。以後、ボルヘスはむしろ自らの記憶力を活かして、独自のファンタジックな世界を創造していくことになります。

『エル・アレフ』

ボルヘスが該博な知識を自在に駆使して書き上げた作品のひとつに短篇「エル・アレフ」があります。ボルヘスは生涯長篇小説を書きませんでしたが、残されている短篇集の中でもこの作品を含む『エル・アレフ』(一九四九)はまさに十大小説の筆頭に挙げてしかるべき作品と言っていいでしょう。

かつて《私》はベアトリス・ビテルボという女性を愛していたのですが、彼女は病を得て若くして亡くなりました。毎年、彼女の命日に実家を訪れ、父親や従兄弟のカルロス・アルヘンティーノ・ダネリとしばらくおしゃべりをして帰っていたのですが、そんなある日ダネリから電話があり、近々家を取り壊されることになった、実は自分の家の地下には《エル・アレフ》、つまり「地上のすべての場所、それもあらゆる角度から見た場所が混乱することなく存在している」小さな光り輝く球体があるのだが、家が取り壊されればそれもなくなってしまうと打ち明けられます。私はあわてて彼の家に駆けつけ、《エル・アレフ》を見せてもらうのですが、それは直径二、三センチメートルの球体で、「その中に宇宙空間(世界)がそのままの大きさですっぽり収まって」いたのです。私はそれを見て衝撃を受けますが、建物が取り壊されるとともに《エル・アレフ》も消滅してしまいます。

この作品にはいかにもボルヘスらしい博識ぶりをうかがわせる引用が多数あり、さまざまな詩人、哲学者、文学者などにも言及しているのですが、それ以外にも手の込んだ仕掛けが施してあります。たとえば、人物の名前です。カルロス・アルヘンティーノ・ダネリ Carlos Argentino Daneri というのはいかにもイタリア系移民らしい名前なのですが、原綴の Daneri というのはおそらく Dante Alighieri をつづめたものでしょう。また、Argentino は形容詞で、「アルゼンチン人の、アルゼンチンの」という意味になります。つまり、カルロスはごくありふれた名前ですが、Argentino Daneri は「アルゼンチンのダンテ・アリギエリ」と読み替えられます。

そうすると、亡くなったベアトリスは？という疑問が生じてきますが、彼女が、ダンテが愛した女性で、『神曲』にも登場するベアトリーチェであることは言うまでもありません。そして、《エル・アレフ》ですが、これまた『神曲』に描かれている神を象徴する球体とぴったり符合します。

すべてが符合しているように思えるので、作品の隠された構図が読み解けたような錯覚にとらえられますが、そうはいかないのがボルヘスのボルヘスたるゆえんです。つまり、この作品をよく読むと《エル・アレフ》を通して見える世界はあまりにも世俗的、現世的で、とても神の象徴としての球体とは思えません。それに、もし神の象徴であったとすれば、家が取り壊されるとともに消滅するなんてことはありえないでしょう。

一見、『神曲』のパロディに見せかけて、ボルヘスは該博きわまりない知識を生かして随所で人を食ったお遊びをしているのですが、極めつきは球体の《エル・アレフ》で、これは『神曲』のそれとは別もので、おそらく中世のフランスで書かれた寓話文学『薔薇物語』に出てくる泉の中にある水晶をなぞっていると思われます。

該博な知識が詰め込まれ、しかもさまざまな解釈が可能な表現に満たされている彼の作品はよく難解だといわれます。たしかにその通りなのですが、そこにはさまざまな解釈に対して開かれた作品を書きたいという彼自身の思いが込められているからにほかなりません。

不死と永遠

ボルヘスのエッセイ「永遠の歴史」をひもとくと、冒頭に「時間はわれわれにとって大きな問題、つまり人を不安に陥れる難問であり、おそらく形而上学上もっとも重要な問題だろう。それにひきかえ、永遠は一種のお遊び、くたびれた期待でしかない」というかなり過激な言葉が出てきてびっくりします。『論議』のエッセイ「アキレスと亀の永遠の競争」、『続審問』の「時間に関する新たな反駁」、あるいは晩年の講演集『ボルヘス、オラル』の「時間」などを見ると、時間が彼にとって生涯のテーマであったことが分かります。

プラトン、プロティノスから中世の神学者たちを経て現代に至る思想家たちの言葉を引用しながら永遠について論じた「永遠の歴史」も読み応えのあるエッセイですが、バークリ、ヒューム、ロックといったイギリス経験論主義の哲学者たちを中心にさまざまな引用のタペストリーを織り上げ、そこに読者を戸惑わせ、困惑させるいかにもボルヘスらしいコメントを交えながら時間を論じた「時間に関する新たな反駁」も大変面白いエッセイです。ヘラクレイトスをはじめ数多くの哲学者、思想家は時間を川の流れになぞらえて、とどまることなく経過してゆく連続として時間をとらえていますが、ボルヘスはそうした時間認識を紹介した後、ブエノスアイレスの下町にあるあまり足を向けたことのない一角を訪れた時の体験をもとに奇妙なことを言っています。街角の「静寂の中でコオロギの時間を超越した鳴き声」を聞いて一八〇〇年代にいるという奇妙な感覚にとらえられ、自分は「世界の抽象的な知覚者」であり、永遠の意味を自分のものにしたように感じたというのです。時間というのを連続する継起的なものとしてとらえると、すべての瞬間はけっして同一のものにはなりえません。逆に言えば、もし時間の中に一回でも同一の瞬間があれば、「時間は幻影でしかなくなる。見せかけの昨日のある瞬間と見せかけの今日のある瞬間が区別することも分離することもできない、ただそれだけのことで時間は崩壊する」ということになります。ボルヘスはさらに続けてこう述べています。

言うまでもないが、人間的な瞬間というのは無限ではない。基本的な瞬間――つまり、肉体的苦痛と肉体的快楽の瞬間、夢が訪れてくる瞬間、音楽を聴いている瞬間、緊張感に満ちた瞬間と無力感に襲われた瞬間――はいっそう非個人的である。前もって結論を言っておこう。不死であるためには人生はあまりにも貧しい。しかし、われわれは自分の貧しさをまだはっきりと認識していない。というのも、感覚的には反駁できる時間も、知的な意味では反駁できないからである。

特異な、あるいは特権的な瞬間にボルヘスは、継起し、連続する時間の外に抜け出して、「世界の抽象的な知覚者」として永遠の中に身をおきます。しかし、その瞬間が過ぎ去ると、ふたたび連続する時間の中に転落し、死に向かって歩み出さざるを得なくなります。では、果たして不死というようなものがこの世界に存在するのだろうか、という問いかけが次に生まれてきます。その問いかけをテーマにした作品が、短篇集『エル・アレフ』に収められている「不死の人」です。

「不死の人」と輪廻の思想

「不死の人」では、東ローマ帝国の軍事行政官フラミニウス・ルーフスが不死の水を飲んで、無限に生き続ける苦しみを味わいながら彷徨を続け、一六〇〇年たってようやく「死」をもたらしてくれる川に出会い、ついに安らかな眠りを得るのですが、その記述の後に奇妙な一文が出てきます。

終末が近づくと、もはや記憶のイメージは残らず、言葉だけが残される。時間が、かつて私を描き出した言葉と、何世紀にもわたって私につき従ってきた男の運命の象徴である言葉を混同したからといって奇異に思う必要はない。かつて私はホメロスだった。まもなくオデュッセウスのように何ものでもなくなるだろう。まもなくすべての人間になるだろう、私は死ぬだろう。

この謎に満ちた文章を理解するには、先立つところで作者が輪廻の思想に言及していることを頭に入れておかなければなりません。人が次々に生まれ変わって、さまざまな人生を送るのであれば、前世ですばらしい善人だった人も現世ではとんでもない悪人になるかもしれません。そんな風にしてさまざまな人間に生まれ変わってゆくのだとすれば、無限の時間を生きてゆく中でその人はすべての人間になるはずです。もしそうだとすれば、作品に登場してくるかつて『オデュッセイア』を書いたのに、そのことを忘れてしまったあの不死の人、トログロディト族の男がホメロスであっても少しもおかしくはありませんし、フラミニウス・ルーフスが一六〇〇年以上生き続ける中で一度ホメロスとしての生涯を経験したということもありえます。そんな風にさまざまな人間に生まれ変わったということは、彼が誰でもない人間だったということにほかならないのです。

ここで先ほど引用した『ボルヘス、オラル』の「古い書物を読むということは、それが書かれた日から現在までに経過したすべての時間を読むようなものである」という言葉を思い返せば、人は書物を通してとほうもなく長い時間を生き、その間にさまざまな人生を経験することになります。かくして、その人はさまざまな人、誰でもない人になるでしょう。このような発想というか、発見は記憶の人、書物の人ボルヘスでなければとうてい思いつかないものだといっても過言ではありません。

以上に述べてきたのは、ボルヘス・ワールドのほんの一端でしかありません。ボルヘスはたとえてみれば、途方もない記憶力という船に乗って時間の海を航海し、そこに浮かぶ書物という驚異に満ちた島々を発見してぼく達に紹介してくれているのです。その彼の操る船に乗って未知の海へと旅立つのは、読者にとってはこの上ない新しい発見の旅になることでしょう。ラテンアメリカの現代文学の先駆的な作家であると同時に、唯一無二の世界を築いたボルヘスはいろいろな意味で読まれるべき作家の筆頭に挙げられます。

2

アレホ・カルペンティエル『失われた足跡』
——魔術的な時間

何よりも私を驚かせたのは、手つかずの自然が見せる果てしない擬態だった。ここではあらゆるものが別のものに見えた。見せかけの世界が現実を覆い隠しているために、何が真実か分からなくなってしまうのだ。沼の中にじっと身をひそめて獲物を一飲みにしようと待ち受けているカイマン〔ワニの一種〕は、ノイバラをまとっているせいで腐った木にしか見えない。蔓《つる》は爬虫類と見分けがつかず、蛇は、その皮膚に高価な材木の木目、シャクガの羽についている目、パイナップルの実を覆っている鱗、サンゴのような縞模様がついていないと、蔓科植物にしか見えなかった。絨毯《じゅうたん》のように隙間なく繁茂した水生植物があたりを覆い尽くしていたが、大地にしっかり根を下ろしているようにしか見えず、その下を水が流れているとは思えなかった。樹皮が剝がれ落ちて水につかるとたちまち塩水につけた月桂樹のように固くしっかりしているように見え、キノコは銅色、あるいは硫黄の粉末を振りかけたような色をしていた。そのそばにいるカメレオンは木の枝、瑠璃にそっくりなのもいれば、陽射しを遮っている葉群から射し込む木漏れ日を受けて鮮烈な黄色の縞模様の入った鉛と見分けのつかないのもいた。ジャングルは偽装、策略、見せかけの遊戯、変身の世界だった。トカゲ＝キュウリ、栗＝ハリネズミ、さなぎ＝ムカデ、ニンジン色の身をした芋虫、亜麻仁油のようにどろりとした水の中で電気を発して感電させるデンキウオの生きる世界だった。岸近くを通ると、さまざまな植物が頭上を覆い、あたりが薄暗くなって船にまで涼しい風が吹き寄せてきた。しかし、ほんの二、三秒停止しただけで虫が耐え難いほど湧き出してきて、爽快な気分はどこかに消し飛んでしまった……。はるか高みを見上げた私は、下界の驚異だけでは十分でないかのように雲が作り出す新しい世界を見出した。通常とは異なる、独自の、人間がすでに忘れてしまったそれらの雲は、『創世記』の最初の章のように水気をたっぷり含み、湿度の高い広大なジャングルの上である形をとりはじめる。すり減った大理石でできているかのように基底の部分はまっすぐになっていて、それがはるか上空で不動の巨大な形をとったが、その形は陶工がロクロを回して陶土で作る両取っ手付きの壺を思わせた。たがいに結びつくことのないそれらの雲は、空中の楼閣のように宙にとどまっていたが、神が上の水と下の水を分けられ、下の水を集めて海とされたはるかな太古の時代から変わることのない形をしていた。

（『失われた足跡』）

時間のない世界

以前、メキシコで一年ほど暮らした時に、友人に誘われて観光地として知られるポポカテペトル山までドライブしたことがあります。メキシコ市から車で一時間ほどのところにある田舎町を通りかかると、貧しい家の玄関先に老人がひとりぽつんと座って地面を見つめているのが目に入りました。どうということのない光景でしたが、その姿が映画の一シーンのように印象に残りました。向こうでしばらく遊んで引き返す時にもう一度通りかかると、老人がさっきと同じ姿勢のまま座っていたものですから、思わず友人に、あの老人は先ほどと同じ姿勢で座りつづけているみたいだけど、何時間も石みたいにじっと動かずにいるというのは妙な感じだねと言ってみました。するとメキシコ暮らしの長い友人が、こちらには時間が停止しているような世界があるんだ、とくに地方へ行くと、人だけでなく町全体が時間の流れから取り残されて何ひとつ変化していないように思えることがよくあるんだよという答えが返ってきたのですが、時間の外に身を置いているようなあの老人の姿は今も眼に焼き付いています。

時間に関しては、ユカタン半島にあるウシュマルの遺跡を訪れた時のことも忘れることができません。近くの町からハイヤーでマヤの遺跡に向かったのですが、車が猛スピードで走るので心配になってメーターをのぞいてみると、なんと時速一〇〇マイルで飛ばしていたのです。

ようやく目的地に着いたので、ほっと胸をなでおろして降りる時にちらっとメーターに目をやると、車が停車しているにもかかわらず針は一〇〇マイルを指したままでした。思わず運転手の顔を見ると、にやっと笑いかけてきたのですが、その顔を見て、なるほど、メキシコではこういうことが珍しくないんだ、ぼくが訪れたのは時間も速度も計測不可能な世界なんだ、と改めて実感させられました。

その後、ジャングルの中の開けた土地にある遺跡を巡り歩いたのですが、その時も奇妙な経験をしました。というのも、高度な数学と建築技術を駆使して石の神殿群を作ったマヤ族の人たちは、コロンブスによる《発見》前の一三世紀はじめに突然土地を捨てて、ジャングルに散らばり、その中に溶け込んでしまったのです。宗教儀式を行う神官はもちろん、住民も姿を消して打ち捨てられたままになっている遺跡の中を歩き回りながら、ここでは神殿が放棄された頃のまま時間が停止し、その一方で現在のマヤ族の人たちはジャングルで原始的な生活を営んでいる、そう考えたとたんに、周りで時間が激しい勢いでぐるぐる回りはじめたように感じられました。

石と化して時間を超えた老人、歴史の流れから取り残されて、時間の海の中にぽつんと浮かんでいる石造りの建造物、かつては高度な文明を誇りながら、なぜか原始の生活に戻っていったマヤ族の人びと、いずれも時間について考えさせられる得がたい出会いでした。

メキシコに限らず、ラテンアメリカの国々ではこのように、同じ空間の中に原始の世界から現代社会までが共存しています。開高健の『オーパ！』を読むと、アマゾンの源流地帯へ釣りに行った時に、インディオのおばさんがアディダスの運動靴をはき、ヤマハの船外機をつけたカヌーで水路を走っているのを見て目をむいたという記述が出てきますが、原始の時代と現代とが隣り合わせに息づく土地だからこそ、このような奇妙な結びつきも起こりうるのです。

ともあれ、二〇世紀のラテンアメリカの小説の中には、こうした不思議な時間感覚を描き出している作品がいくつかあります。本書でもこの後取り上げるペルーのマリオ・バルガス＝リョサの『緑の家』はその典型的な例と言えますが、コロンビアのガブリエル・ガルシア＝マルケスの『百年の孤独』やチリのイサベル・アジェンデの『精霊たちの家』などにもそうした世界を垣間見ることができます。しかし、さまざまな時代が共存している世界を独自の手法で鮮やかに浮かび上がらせた作品といえば、やはりキューバのアレホ・カルペンティエルの『失われた足跡』(一九五三)を挙げなくてはならないでしょう。

シュルレアリスムとの出会い

父親がフランス人の建築家で、母親が白系ロシア人だったカルペンティエルは一九〇四年、スイスのローザンヌに生まれました。その後すぐに両親はキューバのハバナに引っ越します。父親は一時期音楽家を目指したこともある建築家だったので、カルペンティエルも影響を受けて幼い頃から建築と音楽に強い関心を寄せていましたが、一方で文学の世界にものめりこんで、早くから創作を行っていました。

一九二一年にハバナ大学に入学して建築学を学ぶことにしたのですが、その年に突然父親が出奔したために、彼は母親の面倒を見ることになります。以後、雑誌を中心に編集の仕事や執筆を行うようになるのですが、一九二七年に独裁者ヘラルド・マチャードを批判した文書に署名したために投獄され、出所後も厳しい監視下に置かれました。そのせいで国外に出ようと決意し、たまたまキューバを訪れていたシュルレアリストのロベール・デスノスの助けを借りてフランスに亡命、アンドレ・ブルトンやアラゴン、トリスタン・ツァラ、エリュアール、ピカソなどと知り合います。

彼自身そう長く滞在するつもりはなかったのですが、結果的には長期間フランスで暮らすことになりました。当初はシュルレアリストたちと親交を結んだのですが、やがて反発して離反し、自分の育った大陸をもっとよく知りたいと考えるようになります。以後彼は、文学書はもちろん、ラテンアメリカ関係の本、とくに歴史書や記録文書を読み漁りますが、その中で彼は、自分のルーツである新大陸を再発見したのです。

「驚異的な現実」

一九三九年、カルペンティエルは一一年ぶりに祖国のキューバの土を踏み、雑誌やラジオを中心に文化活動をはじめました。一九四三年に妻や友人と一緒にハイチを訪れますが、この時の体験がもとになって生まれてきたのが小説『この世の王国』(一九四九)です。かつてアンリ・クリストフが支配していた王国を訪れ、サン＝スーシ宮の廃墟やラフェリエール城砦を見たカルペンティエルは大きな感銘を受けます。さらに、ハイチ各地で行われている魔術や中央高原に通じる街道で聞いた魔術的な忠告、「あるいはペトロ太鼓やラダー太鼓の音、そうしたものを見聞きしてこれこそが驚異的な現実だと思った」とこの小説の中で語っています。つまりカルペンティエルはハイチで現実が驚異に満ちていることに気づいたのですが、ここに言う《maravilloso＝驚異的な》という形容詞は、実はシュルレアリストたちが何とかして人工的に作り出そうとしたフランス語の merveille(驚異)から来ていることを忘れてはなりません。彼は、当時のヨーロッパ文学が探し求め、人工的に創造しようとしていた驚異的なものがラテンアメリカでは現実のものとして存在していることに気づいたのです。

『この世の王国』とハイチの「現実」

ハイチでは一八世紀半ば頃から約一世紀間、白人の農場主と黒人奴隷、それに混血の人たちの間で反乱、弾圧、抗争が繰り返され、そうした血なまぐさい混乱の中で支配者が次々に入れ替わっていきますが、その間の歴史を独自の視点から描いたのが『この世の王国』です。

この小説の「序」で、シュルレアリストの画家アンドレ・マッソンがマルティニック島を訪れて密林を描こうとしたところ、熱帯植物の作り上げる魔術と、信じがたいほどの変態と共生を見せる自然に圧倒されて、真っ白なカンバスを前に呆然と立ち尽くし、何も描けなかったというエピソードを紹介した後、シュルレアリストたちが作り出そうとした驚異的なものは所詮小手先の技巧でしかないと酷評しています。カルペンティエルは驚異的な現実を芸術作品に描き出すためには、何よりもまずすべてを受け入れ、その存在を信じることからはじめなければならないと言い切っています。

たとえば、この作品の登場人物の一人で、逃亡奴隷のマッカンダルは追手から逃れるために、イグアナ、蛾、犬、ペリカンとさまざまに姿を変えて逃走するのですが、黒人奴隷ティ・ノエルにとっては、それこそが目に映る「現実」なのです。こうした視点に立って語られるハイチの歴史と現実は当然のことながら驚異に満ちています。つまり、これがハイチで信じられ、語り伝えられているものなのです。黒人の芸術や音楽はもちろん、アフリカ起源の呪術的な宗教とカトリック教の教義や儀式が奇妙な具合に入り混じって生まれたブードゥー教にも詳しいカルペンティエルは、黒人、それもブードゥー教を信じている黒人奴隷の視点に立つと、世界と歴史がまったく違って見えることに気づき、それを作品として結実させたのです。

彼は、あのハイチ旅行を通して長年探し求めていた文学的な新しい視点を手に入れ、それを通して驚異に満ちた新たな文学世界を切り開いたと言えるでしょう。フランスの作家レイモン・クノーが「『この世の王国』は近年ラテンアメリカからもたらされた小説の中でももっとも美しい本の一冊である」といったのも、なるほどとうなずけます。

『失われた足跡』

『この世の王国』が出版される四年前の一九四五年に、ベネズエラにいる友人に勤め先を紹介されて、彼はカラカスに移り住み、そこでラジオを中心に文化活動を行います。二年後の一九四七年に、友人たちと一緒にオリノコ川の源流地帯を旅行し、その時に原始的な生活を送っている原住民のもとで一カ月間暮らします。この時の体験について彼は次のように語っています。

> アメリカというのはさまざまな時代が共存している唯一の大陸です。そこでは二〇世紀の人間が第四紀(約二五〇万年前から現代を含む時代)の人間、あるいは中世のように新聞、あるいはそのほかの通信手段を持たない人と握手することができますし、現代よりも一八五〇年のロマン主義に近いところにいる地方の人と同時代を生きることもできます。オリノコ川をさかのぼるというのは、時間をさかのぼるのと変わりないのです。
>
> (「あるバロック作家の素朴な告白」)

この時の体験がもとになって生まれてきたのが小説『失われた足跡』です。川をさかのぼることがそのまま時間の遡行につながるという特異な発想で書かれたこの小説は読むものを目くるめく時間の旅へといざないます。しかも、それが空想から生み出された作品ではなく、実体験にもとづいているというのですから驚きです。

主人公の《私》はアメリカの大都会にある大学の付属博物館で音楽の起源を研究しています。妻のルースは舞台女優だったので、ほとんど家におらずすれ違いの多い生活でしたし、私自身も現代社会や都会暮らしになじめず、鬱々と日を送っていました。そんなある日、恩師から中南米へ行って、原始的な楽器を収集してきてもらえないかと依頼されます。願ってもない申し出だったので、その話に飛びつき、フランス人の愛人ムーシュをつれて中南米のある国へ飛びます。ところが、ホテルに入ったとたんに市街戦がはじまり、革命騒ぎに巻き込まれて、ホテルに缶詰になり身動きの取れない状態が何日も続きます。ようやく反乱がおさまり外出できるようになりますが、その時にカナダ人の画家から避暑地のロス・アルトスに家があるので、そちらに行かないかと誘われます。

私はムーシュと一緒にロス・アルトスに行きますが、そこに滞在している時にバスを利用して港まで行けば、船で川をさかのぼることができるという情報を手に入れます。川の上流へ行けば原始的な楽器が手に入るだろうと考えて、私はムーシュを説き伏せてバスに乗ります。一行を乗せたバスは途中で身体が弱って身動きの取れなくなっていたロサリオという若いインディオの女性を拾い、港に着きます。そこで奥地の事情に詳しい《先行者》、カプチン会修道士ペドロ師、インディオの女性ロサリオ、ギリシア人の《ダイヤモンド掘り》、それに私とムーシュが船に乗り込んで上流に向かいます。

困難な船旅が続いたために、途中でムーシュが音をあげて離脱しますが、私たちはさらに上流を目指して進みます。そんな中、私はロサリオと結ばれ、ついに始原の世界とも言うべき集落にたどり着いて、そこで平穏な日々を送ります。その内、楽曲を作りたいという意欲がふつふつと湧き上がり、紙とインクがどうしてもほしくなります。するとある日、突然上空に爆音が響き、飛行機が集落の近くに着陸します。博物館の館長が私のことを心配して多額の懸賞金をかけて捜索させたのです。私はいったんアメリカに戻り、曲を書いてからまた戻ってこようと決意し、飛行機に乗って文明世界に戻ります。そちらでいろいろなことがあったものの、ふたたび私はあの港へ行き、そこから集落を目指して船を走らせますが、集落に通じる入り口は見つからなかったというのが、大まかなあらすじです。

時間をさかのぼる旅

考えてみれば、電気、ガス、水道の水が自由に使え、テレビ、車、パソコンなど便利な器機が揃っている文明社会に生きている人と、いまだに狩猟採集に頼った生活をしている人とでは、そこを流れている時間がまったく異質なものであることは言うまでもありません。カルペンティエルはオリノコ川の源流まで旅をして、そうした信じがたいほど落差のある時間が凝集した形で現れているのがラテンアメリカだと実感したのです。そして、その体験をもとにして小説を書くに当たって、川をさかのぼることがそのまま時間を、すなわち歴史を逆行することになるというプロットに仕上げて書いたのが『失われた足跡』です。この中で主人公は、長く苦しい旅の途中で時間が目くるめく勢いでどんどん後退して、紀元ゼロ年に至り、さらに過去へと時間をさかのぼってゆくように感じるのですが、その時のことを次のように語っています。

日付がふたたび後退し、紀元ゼロ年を——二桁、三桁、五桁と——越えてゆき、ついには人間が地上をさまよい歩くのに疲れ、農業を考え出して川岸に最初の村を作る時代まで戻った。もっと多くの音楽が必要になり、リズムを取る棒から火で焼いて模様をつけた木製の円筒形の太鼓へと進化し、中空の葦を吹いて鳴らすオルガンが生まれ、泥で作った両取っ手つきの壺を鳴らして死者を悼むようになった。つまり、われわれは今旧石器時代にいるのだ。

カルペンティエルのこの作品を通して読者は目くるめく時間の旅をすることになります。ただ、マリオ・バルガス＝リョサが言っているように、カルペンティエルの作品はいずれも書物や辞書から借りてきたような擬古的で気取った表現が頻出し、しかも文学、歴史、音楽、建築に関する博大な知識をもとに蘊蓄《うんちく》を傾けるきらいがあるので、重苦しい感じがして、読者は辟易するかもしれません。しかし、『失われた足跡』の主人公が川をさかのぼっていったように、彼の本と格闘し、長い旅を終えた時には一種の達成感と陶酔を感じることでしょう。

時間の魔術師として

カルペンティエルの作品としては他に短篇集『時との戦い』(一九五六)というのがあります。解体途中の屋敷を訪れた老人が、作業員のいなくなった後、杖を一振りすると、時間が逆行しはじめてついに屋敷が消失し、老人も母親の胎内に回帰するという内容の「種への旅」、古代ギリシアの兵士、新大陸に向かうスペイン兵、アメリカへ戦いのために旅立つフランス兵、ノルマンディー上陸作戦にのぞむ兵士といった、時代を異にしながらも、戦いの場へと向かおうとしているという共通点を備えた兵士の姿を、時空を超えて一連のものとして描いた「夜の如くに」、あともう一作「聖ヤコブの道」というのがあります。

ペストの恐怖から逃れるために巡礼となったファンはアントワープを出てスペインの聖地サンティアーゴ・デ・コンポステーラを目指します。途中にあるブルゴスの町で「インディアス帰りの男」と出会い、新大陸での夢のような暮らしを吹き込まれたものですから、巡礼を中止して新大陸に向かいます。しかし、向こうで待ち受けていたのは悲惨でこの上もなく貧しい生活だったので、耐え切れなくなってふたたびスペインに舞い戻り、「インディアス帰りのファアン」と名乗ってふたたび聖地を目指そうとします。しかし、ブルゴスの町で同じ名前のファンという男に出会い、その男に新大陸のことを吹き込んでいるうちにあちらが恋しくなり、一緒にインディアスにもう一度旅立つことになるのです。主人公が放浪遍歴の末にまたしてももとの出発点に戻ってしまうというストーリーが展開されるのが「聖ヤコブの道」です。どの短篇もストーリー展開の見事さと時間処理があまりにも鮮やかで意表をつくところから、彼は時に《時間の魔術師》と呼ばれることがあります。

このほかに、フランス革命からナポレオンのスペイン侵略までの時代、つまり一八世紀末から一九世紀はじめのキューバ、フランス、スペインといった新旧両大陸を舞台に波乱に富んだ物語が繰り広げられる小説『光の世紀』(一九六二)や中米の独裁者を描いた『方法再説』(一九七四)、ロシア革命とキューバ革命という二〇世紀に起こった二つの革命をテーマに、さまざまな人間模様をそこに織り込んだ自伝的小説『春の祭典』(一九七八)、コロンブスを主人公にした『ハープと影』(一九七九)などの作品があります。

最晩年まで、中南米とヨーロッパ、スペインの歴史と現実を見据えながら執筆をつづけたカルペンティエルは、『ハープと影』を出版した翌年の一九八〇年にパリで亡くなりました。

3

ミゲル・アンヘル・アストゥリアス『大統領閣下』
——インディオの神話と独裁者

照らせ《アルンブラ》、明礬の火《ルンブレ・デ・アルンブレ》よ、火打石の魔王《ルスベル・デ・ピエドラルンブレ》よ！　祈りに参列するよう呼びかける鐘の音が光から闇、闇から光へと不安げに移り行きながら、耳鳴りのように執拗に響いていた。照らせ《アルンブラ》、明礬の火《ルンブレ・デ・アルンブレ》よ、火打石の魔王《ルスベル・デ・ピエドラルンブレ》よ、腐敗した塵芥《ソブレ・ラ・ポドレドゥンブレ》を！　照らせ《アルンブラ》、明礬の火《ルンブレ・デ・アルンブレ》よ、腐敗した塵芥《ソブレ・ラ・ポドレドゥンブレ》を、火打石の魔王《ルスベル・デ・ピエドラルンブレ》よ！　照らせ《アルンブラ》、照らせ《アルンブラ》、明礬の火《ルンブレ・デ・アルンブレ》よ……、明礬《アルンブレ》よ……、照らせ《アルンブラ》……、照らせ《アルンブラ》、明礬の火《ルンブレ・デ・アルンブレ》よ、……、照らせ《アルンブラ》、明礬《アルンブレ》……

物乞いたちは人気のない寂しい市街地を後にして、海のようにだだっ広い通りを抜け武器広場に入ると、凍てつくような大寺院の影の中に姿を消し、その後市場の調理場の辺りをうろついた。夜空に星が現われると、物乞いたちも姿を現わした。《主の門》のあたりに集まって眠るのだが、貧しさ以外に彼らを結びつけるものはなく、互いに悪態をついたり、つかみ合いも辞さないほど激しくののしりあっていた。たいていは肘で突き合う程度で終わるのだが、時には土くれを投げつけたり、摑み合いになって、唾をペッと吐いた後狂ったように噛み付きあうこともあった。ゴミ捨て場をうろつく一族には枕もなければ、信頼関係もなかった。彼らは服を脱ぐこともなくてんでばらばらに横になると、自分の財産を詰め込んだ袋を枕代わりにして泥棒のように眠った。袋の中には肉の切れ端、破れた靴、使いさしのロウソク、古新聞に包んだご飯、腐りかけのオレンジやバナナが入っていた。

《主の門》の階段のところには、壁のほうを向いて持ち金を勘定しているもの、本物かどうか確かめようとニッケルの貨幣に歯を立てているもの、一人ぶつぶつつぶやいているもの、食料と武器(彼らは通りを歩く時、石ころと護符のスカプラリオで武装していた)があるかどうか点検するもの、あるいは硬くなったパンの切れ端をこっそり飲み込んでいるものなどさまざまな人間がいた。彼らが互いに助け合うことは決してなかった。物乞いというのはみんなそうだが、食べ残しを後生大事にし、いらなくなると困っている仲間ではなく、犬に投げ与えるのが常だった。

(『大統領閣下』)

二〇世紀のラテンアメリカ文学を取り上げた本を見ると《魔術的《マジック》リアリズム》、あるいは《現実の驚異的なもの》という言葉がよくでてくるので、それについて少し説明しておきましょう。前章で触れたように、《現実の驚異的なもの》というのはカルペンティエルが用いている言葉ですが、ここに言う《驚異的な＝maravilloso》というのはフランス語のmerveille（驚異）から来ていて、これはシュルレアリストたちが追い求め、作り出そうとしたものです。ただ、カルペンティエルはラテンアメリカでは《驚異的な》ものが、realなもの、つまり現実のものとして存在しているので、人工的に作り出す必要はないと言った上で、シュルレアリスムを痛烈に批判しています。つまり、『この世の王国』の「序」は、自分がかつて参加したあの芸術運動に突きつけた絶縁状とも言えるものですし、彼が終生《現実の驚異的なもの》という言葉にこだわり続けた理由もそこにあります。

《魔術的リアリズム》とは

もう一つの《魔術的リアリズム》のほうは、もともとドイツの表現主義運動の後の、一九二〇年代のごく短い期間に出現した芸術作品に対してフランツ・ローが与えた名称で、ノイエ・ザハリヒカイト（新即物主義）とも呼ばれ、そこにはアントン・レーダーシャイト、フランツ・ラジヴィル、カール・グロスベルクなどの画家の名が見られます。種村季弘は『魔術的リアリズム――メランコリーの芸術』の中で、このリアリズムについて、「それは、表現主義と抽象全盛の時代に突如として登場してきた異様なリアリズムであった。大気が突然アウラを失って、事物は真空のなかに置きざりにされる。世界関連から切りはなされて、いきなりそこにあるもの。その魔術的輝き。日常的現実のごくありふれた対象を描きながら、当の事物にこの世の外の、いわば世界関連外の光を照射して、事物を「形而上的妖怪的」(キリコ)空間のなかに立ち上がらせるリアリズム」と書いています。

ラテンアメリカの魔術的現実

しかし、ラテンアメリカの文学について言われる《魔術的リアリズム》はこれとは異なったもので、より言葉通りの「魔術」に近いものです。本書の「序」で紹介したアストゥリアスの言葉を思い返してみると、魔術的な想像力が備わっているインディオにとっては、雲や岩が人間、あるいは巨人に姿を変えるのはべつに不思議なことではありませんし、泉へ水を汲みにいった女性が深い淵に落ちたとすれば、それは淵が女性を蛇、あるいは泉に変える必要があったからであり、男が落馬した場合は、酒を飲みすぎたためではなく、その際石に頭をぶつけたのなら、石が彼を呼んだのであり、溺れ死んだのなら、川、あるいは小川が呼び寄せたということなのです。つまり、アストゥリアスの言う《魔術的リアリズム》はインディオ特有の心性や魔術的な想像力と深く結びついているのであって、ドイツの《魔術的リアリズム》とは異質なものです。ただのちに、ラテンアメリカでは現実そのものが魔術的であり、そのことが文学に投影されていることについて、ある研究者がこの名称を用いたのがきっかけになって、新大陸の文学の特徴を表す言葉のひとつとして広まったのです。

ガルシア＝マルケスの作品、とりわけ『百年の孤独』に関しても《魔術的リアリズム》という言葉がよく用いられます。たしかにガルシア＝マルケスの作品にも特異な幻想性が見られますが、こちらもやはりドイツの《魔術的リアリズム》とは関係がありません。

インディオの血統

ミゲル・アンヘル・アストゥリアスが、インディオ的な魔術的感性を備えていたのには、彼の生い立ちが関係しています。彼は一八九九年にグアテマラ市に生まれたのですが、判事をしていた父親は白人で、母親はインディオだったので、彼自身が混血、つまりメスティーソでした。まだ幼い頃に、父親が当時の独裁者エストラーダ・カブレラににらまれて、職を追われたために、両親とともに田舎町に住む祖父母の家に引っ越します。そこで過ごした少年時代に、現地のインディオと親しく交わり、マヤ語を覚えただけでなく、母親からマヤ族の神話、伝説、民話を聞かされて育ちますが、この時の体験がアストゥリアスのものの見方や世界観に大きな影響を与えました。

その後グアテマラ大学に進学するのですが、カブレラが失脚し、軍事政権へと移行する際に、彼は学生運動を組織したために当局ににらまれるようになります。一九二四年には反政府運動を擁護する文書を作成したために短期間ですが拘留されます。このままではいずれ息子の身に危険が及ぶと考えた両親は、外国へ行くように勧めます。両親の言葉に従って彼はヨーロッパに渡り、パリに落ち着くのですが、その時にソルボンヌ大学でメキシコから中米にかけての古代メソアメリカの研究をしているジョルジュ・レイノー教授と出会い、教授からラテンアメリカの神話について学び、そのかたわらマヤ族の創世神話『ポポル・ブー』やマヤ＝カクチケル族の年代記『シャヒル年代記』の翻訳に協力して、インディオの神話的な世界の知見を深めます。この時に、幼い頃に親しんだマヤ族の人たちのものの見方や神話の持つ意味の重要性を再発見したと言っていいでしょう。

「熱帯の悪夢」

その一方でアストゥリアスは、新しい芸術の創造を目指したダダイズムやシュルレアリスムに近づき、新しい文学的表現の可能性を模索するようになります。そして一九三〇年、マヤの神話的な世界観をもとに特異な幻想性をたたえた短篇集『グアテマラ伝説集』を発表。この作品の仏訳が出た時に、ポール・ヴァレリーがそれを読んで感動し、「熱帯の悪夢」とも言えるこの作品に私は酔いしれた、と言って絶賛したことはよく知られています。

この作品には特異な幻想性をたたえた民話風のお話、それに戯曲が収められています。冒頭に出てくる「グアテマラ」は祖国へのオマージュなのですが、魔術的な想像力を駆使してつづられたこの作品は独自の比喩的表現で読者を戸惑わせると同時に、夢の世界へといざなってゆくものなのです。

その後に続く「「金の皮膚」の回想」、「「火山」の伝説」も面白いのですが、「「刺青女」の伝説」、「「長角獣」の伝説」、「「大帽子の男」の伝説」はその特異な文体とあいまってぼく達を今まで知らなかったような幻想の世界へと導いてくれます。たとえば、「「刺青女」の伝説」の冒頭の一節は次のようにはじまっています。

「漁《すなど》るオオミミズク」（四〇〇日一年を構成する二〇カ月のうちのひとつの名称）の月が満ちると、アルメンドロ師は自分の魂を道たちに分け与えた。道は四本あり、それぞれが天の四隅に向かって歩いて行った。黒の隅―魔法の夜。緑の隅―春の嵐。赤の隅―コンゴウインコ。あるいは熱帯の恍惚。白の隅―新たな約束の地。道は四本あった。

「道さん、小道さん……」と白い鳩が白い道に話しかけたが、「白い道」は耳を貸そうとしなかった。鳩は夢を癒す師の魂がほしかった。鳩と子供は夢の病にかかるのだ。

まさしく奔放で魔術的なイメージが頻出し、汎神的な世界が立ち現れてきます。

ある尼僧院長が若い頃に経験した奇怪な事件を語った「「長角獣」の伝説」では、切り落とされた彼女の三つ編みの髪の毛から「長角獣」が生まれてくるという話が語られますが、思いもかけない展開を見せるこのお話は閉じられないまま終わっているので、獣の正体が最後までつかめず、そのために獣が私たちの心の中でいつまでも生き続けているような読後感があります。

「「大帽子の男」の伝説」もとても面白いお話です。男の子が遊んでいたゴムまりが弾んで、修道士のいる部屋に飛び込んでしまいます。修道士はそのまりにすっかり魅せられ、悪魔の象徴かもしれないと思いつつも、大切にしていました。ある日、子供の手を引いて一人の女性が現れて、この子がゴムまりをなくして以来ずっと泣き続けているのですと訴えます。驚いた修道士は僧房にあったまりを外に投げ捨てるのですが、そのまりがポンポン弾んで、あの男の子の頭上で止まり、黒い帽子、悪魔の帽子に変わります。これが「大帽子の男」の由来だという、それだけの話なのですが、ぼく達が知っているどのような物語ともちがう、インディオの魔術的想像力から生まれてきたとしか思えないような玄妙不可思議なきらめきを備えた作品になっています。

『グアテマラ伝説集』に収められているのは、比較的長い戯曲を除いてどれも短いお話なのですが、独自の輝きを見せる文体で語られた物語は妖しい光を放っていて、読後にいつまでも残像の残る作品と言っていいでしょう。

独裁者小説の傑作

一九三三年、グアテマラに帰国したアストゥリアスは、大学で教鞭をとるかたわら新聞を通して執筆活動を行いますが、一九四四年からは外交官として、メキシコ、アルゼンチン、フランスと新旧両大陸を転々とします。しかし、その後国内の政変のために外交官の職を解かれ、亡命を余儀なくされます。以後彼はヨーロッパで執筆活動を行い、一九七四年にマドリッドで亡くなっています。代表作としては、搾取される農民の姿をマヤ族の神話的、呪術的な世界と絡めて描いた『トウモロコシの人間たち』(一九四九)、権力者と結託して搾取をほしいままにしたアメリカの企業を告発した小説で、《バナナ三部作》とも呼ばれる『強風』(一九五〇)、『緑の法王』(一九五四)、『死者たちの目』(一九六〇)などが挙げられます。

中でもここで『十大小説』のひとつとして挙げるべきは、『大統領閣下』(一九四六)でしょう。『大統領閣下』は、アレホ・カルペンティエルの『方法再説』やガブリエル・ガルシア＝マルケスの『族長の秋』、パラグアイのアウグスト・ロア・バストスの『至高の存在たる余』などとともに独裁者小説の傑作のひとつに数えられています。

「独裁者の牧場」にて

ラテンアメリカはかつて「独裁者の牧場」と呼ばれたほど数多くの独裁者を生み出したことで知られています。そもそもの原因は独立後の社会的、政治的混乱に根があると言われています。先に述べたように、ラテンアメリカ諸国は約三〇〇年間植民地支配を受けたあと独立するのですが、その際に社会や制度の抜本的な改革が行われませんでした。そのために、地方の大土地所有者や軍人がその後の混乱期に力をつけていきます。政治的、社会的混乱が半世紀以上続き、民衆は強力な指導者が現れて、混乱を鎮めてくれることを願うようになりますが、その時期に登場してきたのが地方や軍部で大きな力を持っているカウディーリョと呼ばれる指導的な人物、つまりボスでした。独裁制と革命が交互に起こるようになったのは、このカウディーリョたちの権力闘争のせいなのです。二〇世紀のパナマの政治家トリホス将軍はあるところで、ラテンアメリカではカウディーリョによる政治支配というのは歴史的伝統であると言っていますが、この言葉はそのことをはっきり物語っていて、しかもその精神風土は今もそれほど変わっていないように思われます。

かつてボルヘスは、「政治が日常生活にまで顔を出さない社会がいい社会」だという意味のことを言ったことがありますが、これはペロン独裁制下で辛酸を舐めた作家ならではの言葉です。ボルヘスに限らずほとんどすべてのラテンアメリカの作家たちは政治的な弾圧、抑圧を経験しています。もともとものを書くというのはそれ自体が内に批判をはらんでいるのですが、散文の場合はとりわけその傾向が強く現れます。したがって、作家たちがラテンアメリカの国々の政治体制や社会のあり方に対して発言すると、必然的に批判的な文章になり、それがもとで体制側と軋轢が生じる場合がほとんどなのです。独裁者、もしくは独裁体制と作家、たとえばマチャードとカルペンティエル、ペロンとボルヘスやコルタサル、オドリーア将軍とマリオ・バルガス＝リョサ、ピノチェットとイサベル・アジェンデといったようにほとんどすべての作家が独裁者、あるいは独裁制のもとで弾圧を受けています。そうした体制側との軋轢に耐え切れなくなって亡命なり、移住することになるのですが、そうした背景には以上に述べたような事情があるからにほかなりません。

ここで取り上げているアストゥリアスもやはり独裁者エストラーダ・カブレラと、またその後に登場してきた軍事独裁制と対立しています。そして、独裁制下で辛酸を舐めた父親と自身の経験をもとにして書き上げたのが、『大統領閣下』なのです。

主人公ミゲル・カラ・デ・アンヘルはその美貌と残忍狡猾な性格から《悪魔》と呼ばれています。ある時、軍を統率しているカナーレス将軍が大統領の逆鱗に触れて逮捕されそうになります。将軍の娘カミーラをひそかに愛していたカラ・デ・アンヘルは事前にそのことを伝えて逃がそうとしますが、カミーラはその騒ぎがもとで重い病気にかかります。カミーラがいっこうに回復しないために心配した彼がある人に相談すると、結婚の秘蹟でよくなるだろうと言われます。二人はこっそり式を挙げ、以後カミーラは見る見る回復に向かいます。国中のいたるところに諜報網を広げていた大統領はそのことを知って彼を呼びつけると、こうなればお前たち二人のことは認めよう、ただし結婚のことは新聞に公表し、自分が媒酌人になったことにするようにと命じます。

反乱軍の指導者になったカナーレス将軍は決起して首都に兵を進めることにしたのですが、その日に娘の結婚を報じた新聞記事を読んで衝撃を受け、そのまま帰らぬ人になって反乱は終息します。大統領はその後、カラ・デ・アンヘルを呼びつけて、自分の代理としてワシントンへ行ってもらいたいと言います。彼はこの機会を利用して亡命し、後でカミーラを呼び寄せようと考えて出発するのですが、港で待ち受けていた軍人たちは有無を言わさず彼を逮捕し、そのまま地下牢に閉じ込めます。地獄のような地下牢で彼は息絶え、一方カミーラは夫からの連絡を待つものの、いつまで経っても音沙汰がありませんでした。どこに問い合わせても消息はつかめず、心労のあまり体をこわしてしまい、田舎に引っ越して療養しますが、身ごもっていた彼女はそこでカラ・デ・アンヘルの子供を産み落とし、その子がすくすく成長しているところでこの小説は終わっています。

秘密警察と国内に張りめぐらせたスパイ網を使って巧妙な恐怖政治を行う独裁者の姿をこれほど見事に描き出した作品はそう多くありません。しかも、この独裁者はほとんど表に現れることなく最後まで《闇の帝王》として君臨し続けますが、それだけにいっそう存在感が強調されることになります。

もう一つの特徴はその特異な文体と語り口です。手法的には、数多くの人物たち、つまり娼婦、物乞い、学生、酒場の女将《おかみ》、警官、弁護士などさまざまな階層の人物たちの会話や回想、独白、あるいは悪夢を取り入れ、その一方で、詩的、魔術的なイメージを点綴した独自の文体で物語を展開させています。彼の文章は、どこか呪文を思わせる音楽的な響きを備えているのですが、残念ながらこれは原文でないと感じ取れません。声に出して読むだけで一種異様な呪術的な世界に引き込まれてゆくような感じがしますが、これは彼が幼い頃に親しんだマヤの神話的な世界の名残りと言っていいでしょう。

4

フリオ・コルタサル『石蹴り』

――夢と無意識

「あまり明快じゃないね」とエチアンヌが言った。

「明快に説明できるわけがないだろう。もしそうなら、かえっていかがわしいよ。科学的にはたぶん真実なんだろうけど、絶対と同じでいかがわしいに決まってる。明快さというのは知的要請なんだ。できれば、科学や理性とかかわりのないところで明快に知り、明快に理解したいものだ。今、「できれば」と言ったけど、ぼくは何も不条理なことを言っているわけじゃない。ぼくたちを救済する唯一の救命具が科学であり、ウラニウム235であることは確かだ。だけど、それでも生きていかなきゃいけないんだ」

「そうなの」とラ・マーガがコーヒーを出しながら言った。「それでも生きていかなきゃいけないのよ」

「なあ、いいかい」とオリベイラは片方の膝をロナルドに押し付けながら言った。「言うまでもないと思うけど、君は君の知性をはるかに越えた存在なんだ。たとえば、今夜、ここでぼくたちの身に起こっていることは、レンブラントの絵みたいなものなんだ。そこの片隅にかすかな光があるけど、それは物理的な光じゃない。君が平静な気持ちでこれこれのワット数、これこれの燭光のランプだと呼び、そう考えているようなものじゃない。今この瞬間、あるいはどのような瞬間でもいいけど、そこでぼくたちを作り上げているものの総体をとらえて、一貫性のある或るもの、あるいは容認しうる或るものとして直感的に把握できる、そう考えること自体が不条理なんだ。ぼくたちが危機に見舞われると、その危機がすべてを覆い尽くすんだ。弁証法にできるのは、平静な気持ちでいる時に戸棚を整理するくらいのものだよ。人間は追い詰められてどうしようもなくなると、決まって当初予測していたのとは全く逆の衝動的な行動をとって、思いもよらないバカげたことをしでかす。その瞬間、現実に負けたのだと言うかもしれない、そうだろう？　現実がすさまじい勢いで押し寄せてきて、持てる力をすべて出して迫ってくると、現実に向き合うには弁証法を放棄するしかない。つまり、誰かに向かって銃をぶっ放すとか、船べりを飛び越えて海に飛び込むとか、ギュイのように睡眠薬をひと瓶飲むとか、犬をつないでいる鎖をほどくとか、要するに後先を考えずにそうしたことをするしかないんだ。理性にできるのは冷静に現実を調べ上げ、襲ってくるかもしれない嵐を分析するくらいのことで、瞬時に襲いかかってくる危機を解消することなどできっこない。そうした危機は形而上学的な面でもあらわれてくるんだ。ぼくたちは理性の道を選びとったからよかったようなものの、そうでなければ今も自然な形でピテカントロプス・エレクトゥスの状態のまま生き続けているはずだよ」

（『石蹴り』）

夢を見るアーリア人

ポーやカフカの例を引くまでもなく、夢が文学の創造に深くかかわっていることは言うまでもありません。幻想的な作風で知られるアルゼンチンのフリオ・コルタサルもやはり夢を大切にし、そこからさまざまな物語を紡ぎだしています。実を言うとぼくは、コルタサルが二〇世紀を代表する短篇の名手として文学史に名を残すのではないかとひそかに考えているのですが、それほど彼の短篇は完成度が高くて魅力的なのです。以前、フリオ・コルタサルの短篇集を訳した時に、司馬遼太郎氏に手紙を添えて送ったことがあります。返事をいただけるとは思ってもいなかったのですが、数日後に葉書で礼状が届きました。その中に、ユングが五歳の時に見たおぞましい悪夢が後年まで深い影響を与えたことはよく知られていますが、「それにしてもアーリア人は夢を見るのが好きですね」という一文がありました。

そこを読んでふと、福原麟太郎がヴィジョンとイマジネーションについて書いた文章を思い出しました。福原によると、ヴィジョンというのは「目に見えるもの」、客観的に存在するのでなく、この世に存在しなくて目に見えるもののことだそうです。そこから夢想、空想、幻、幻影、幻視といった訳語が生まれてきたのでしょう。よく、二〇年後、三〇年後のヴィジョンという言い方をしますが、われわれと違って欧米の人たちにはそういった今ここにないものが、どうやらリアリティを備えたものとしてありありと見えるようです。つまり、視覚的、映像的な喚起力がすぐれているということであり、これは夢とも深くかかわっています。たとえば、フロイトの『夢判断』やメダルト・ボスの『夢』などを読むと、そこに紹介されている夢がきわめて明瞭な映像として紹介されているのに驚かされます。

フリオ・コルタサルの作品、とりわけ彼の幻想的な短篇も彼自身の夢や視覚的な映像と密接にかかわっていますし、本人もエッセイや対談の中でそのことを明言しています。そういえば、ガルシア＝マルケスも『族長の秋』を書く時に、ラテンアメリカの独裁者に関する歴史書や文献からスエトニウスの『ローマ皇帝伝』にいたるまで膨大な量の本を読み、さらに独裁制のもとで暮らした人たちと直接会って話を聞き、小説の材料を集めたのですが、なかなか書き出せずにいました。そんなある日、たそがれ時の光に包まれて崩れかけている大統領府のバルコニーを歩き回っている牛のヴィジョンが浮かんだとたんに作品が形を取りはじめたと語っています。これなども具体的なイメージやヴィジョンが作家にとっていかに大切かを物語るエピソードと言えるでしょう。

ポーに魅せられて

コルタサルは一九一四年、父親がアルゼンチン公使館の商業使節団の一員として家族を連れてベルギーに赴任している時にブリュッセルで生まれました。四年後の一九一八年、一家は第一次大戦の戦火を避けてアルゼンチンに帰国するのですが、その直後に父親が姿を消してしまいます。以後、母親はブエノスアイレスの近郊に住む親戚の家に彼と妹をつれて身を寄せることになります。子供のころのコルタサルは病弱で感受性が強く、本ばかり読んでいる夢想癖のある少年だったそうです。

当時、ブエノスアイレスとモンテビデオを中心とするラ・プラタ川地方では幻想文学が一大ブームになっていて、欧米のゴシック小説が数多く翻訳紹介されていました。母親や叔母が夢中になって読みふけっていたものですから、彼もその影響を受けて幼い頃から熱心に読み漁ったそうです。そうして紹介された作品のほとんどは二流、三流のものだったのですが、中にはすぐれた作品もあって、そんな中でポーとユゴーの作品に出会います。コルタサルが後にポーの作品をスペイン語に訳しているところを見ると、よほど大きな影響を受けたのでしょう。あるエッセイで、彼は少年時代の自分のことをポーのつぎの詩に託して語っています。

ほんの子供の昔から　私はいつも
他の人達とは違っていた――他の人達が
見たものを　私は見ずにきてしまった――情熱を
みんなと同じ泉から汲むこともできず――

（入沢康夫訳）

「孤独」と題されたポーのこの詩から、孤独で夢想癖があり、覚めた目でまわりを観察している少年の姿が目に浮かぶようです。

遅れてきたロマン主義者

多感な思春期から青春時代は、ボードレール、マラルメ、アポリネール、ブルトン、エリュアール、クレヴェル、ランボーといったフランスの詩人たちの作品を読みふけり、またジャン・コクトーや、例外の学《パタフィジック》をとなえたアルフレッド・ジャリからも大きな影響を受けています。幼い頃からポーの幻想的な短篇に親しんでいたコルタサルは、目の前にある現実はしょせん皮相なものでしかなく、その背後に理性ではとらえられない闇の領域があることに気づいていました。そんな彼にとって、理性を至上のものとする合理主義的なものの考え方はおよそ受け入れがたいものでした。したがって、人間の感情や夢の全能性をうたうロマン主義からシュルレアリスムに至る文学者たちがこの上もなく魅力的に映ったに違いありません。のちに彼はパリへ行くのですが、その時まっさきに訪れたのがボードレールの墓だったというのは、いかにも遅れてやってきたロマン主義者コルタサルらしい行動と言えるでしょう。

フランスでのデビュー

その後、教員免許を取得したコルタサルは一九四四年、三〇歳のときに内陸部にある地方の大学でフランス語の教師として採用されます。当時は独裁者として知られるペロンの台頭期に当たり、多くの知識人は反ペロン運動を行っていました。

先に紹介したボルヘスもその運動に加わったためにひどい嫌がらせにあって職を失うのですが、コルタサルもやはりそうした運動に加わったために逮捕されます。今の職にとどまっていれば、さらに弾圧されると感じた彼は、翌年大学をやめてブエノスアイレスに戻り、出版関係の仕事につきます。そのかたわら翻訳家の資格を取るための準備をしながら、創作をはじめました。当時彼の書いた短篇「占拠された屋敷」がボルヘスの目に止まり、《ブエノスアイレス年報》という雑誌に掲載されたことはよく知られています。

かねてから外国へ出たいと考えていた彼は、一九五一年にフランス政府招聘留学生試験を受けて、フランスに行くことになります。出発直前に友人たちが、それまでに彼が書き溜めていた短篇の原稿をひっさらうようにして持ち去り、出版社に持ち込みます。コルタサルがパリについてからこの原稿が本になり、『動物寓意譚』(一九五一)というタイトルで出版されるのですが、「占拠された屋敷」をはじめいくつかの幻想的な物語の収められているこの短篇集には、ポーを思わせる狂気を漂わせたものやブラック・ユーモアをたたえた作品が収められています。

コルタサルはそのままフランスにとどまって、ユネスコで翻訳の仕事をしながら執筆活動をつづけました。そして、一九五六年には「続いている公園」「夜、あおむけにされて」などが入っている短篇集『遊戯の終り』を、ついで五九年には「悪魔の涎」「追い求める男」などの収められている短篇集『秘密の武器』を発表します。彼の名が批評家や一般読者の間で知られるようになるのは、懸賞に当たって船旅に招待された人たちが遭遇する奇妙な事件と思いもかけない結末を描いた小説『懸賞』（一九六〇）以後のことです。さらに、彼の名がスペイン語圏という閉じられた枠を越えて世界的に知られるようになるのは、大胆な実験的手法を駆使して現代人の魂の彷徨と絶対の探求をテーマにした小説『石蹴り』（一九六三）を発表してからです。この作品の英訳が出た時に、ドナルド・キーンは《ニューヨーク・タイムズ》の書評で「一年前に英訳が出た『懸賞』が賞賛に値する作品であるとすれば、傑作といえる『石蹴り』によってコルタサルは、現代のもっとも傑出した作家の一人になったと言えるだろう」と絶賛したのですが、この作品によって彼はラテンアメリカを代表する作家の一人として注目されるようになったといっても過言ではありません。

写真としての短篇小説

『石蹴り』を読む前に、もう少し短篇の話をしましょう。彼はあるところで、若い頃にもしポーの「アッシャー家の崩壊」に出会っていなければ、おそらく幻想的な物語を書いていなかっただろうと言っています。そこまで大きな衝撃を受けた理由の一つは、あの作品が読者をただたんに恐がらせるために技巧を尽くしたのではなく、自らが体験し、生きた悪夢を言語化したものだとコルタサルが感じ取ったからにほかなりません。

むろん、夢をそのまま言葉にすれば短篇が生まれるというほど、ことは簡単ではありません。

そこにはさまざまな工夫が必要なのですが、その点についてコルタサルはウルグアイの短篇の名手として知られるオラシオ・キローガの《完璧な短篇を書くための十戒》を取り上げて、そこから学んだと語っています。たとえば、《十戒》のひとつである《「川から冷たい風が吹いてきた」このような状況を表現するには、ここに記した文章以上の表現は人間の言葉には存在しない》、あるいは《感情に支配されて筆を取ってはならない。いったんその感情を冷やした後、もう一度呼び覚ましてやらなくてはならない。それを最初の状態のままでよみがえらせることができれば、短篇は技術的な意味で半ば出来上がったといってもよい》などに大きな影響を受けたようです。

コルタサルはまた別のところで、長篇小説が映画になぞらえられるとしたら、短篇は見る人の心を動かす写真のようなものだといっています。彼は有名な写真家カルティエ・ブレッソンやブラッサイの例を引きながら、写真は限られたフレームの中に現実の瞬間的な断片を切り取ったものだが、その断片は見ている人の前で爆発し、ダイナミックなヴィジョンとなって通常よりもはるかに広がりのある現実を開示するものでなければならないし、それが短篇に課せられた使命でもあると言っています。

たとえば、『秘密の武器』に収められている「悪魔の涎」という作品は、その言葉を裏書きするような短篇です。パリに住んでいる《ぼく》は翻訳家で、余暇をアマチュアカメラマンとして過ごしています。ある日、写真を撮ろうと思ってセーヌ川の岸を歩いていると、若い女性と少年が親しげに話しているのが目に入るのですが、近づいてみると何かいわくありげな様子で、どうも少年が女性の餌食になりそうな気配が感じ取れます。その情景を写真に収めるのですが、写真を撮られたことに気づいた女性が、許可もなく写真を撮ったと言ってフィルムを渡すように迫ります。ぼくは相手にせずそのまま立ち去り、家に戻ってフィルムを現像し、拡大した写真を壁に貼って翻訳の仕事をします。すると、突然写真の中の映像が動きはじめます。外の世界にいるぼくはなすすべもなくその映像を見ているのですが、写真の中であの少年の身に何かとんでもなく恐ろしいことが起こりそうな気配が感じ取れます。しかし、ぼくにはどうすることもできません。以上が、「悪魔の涎」のあらすじなのですが、写真を撮るというごくありふれた日常的な行為がやがて身の毛のよだつような恐ろしい悪夢へと変貌して行きます。ありふれた日常的な世界が徐々に崩壊していって、悪夢に変貌してゆくというのがコルタサルの短篇に見られる特徴なのですが、それに魅了された一人が映画監督のミケランジェロ・アントニオーニで、彼がこの作品をもとに『欲望』という映画を制作したことはよく知られています。

悪夢を呼び込むメビウスの輪

　ぼくたちはふつう理性と感情、現実と幻想、あるいは夢を対立するものと見なしています。つまり、この両者はともに存在してはいるのですが、同じ平面上に並ぶことはない。いわば、紙の裏表のようなもので、同じ一枚の紙でありながらけっして出会うことはないと考えています。本を読むという行為もそれに似たところがあります。つまり、本を読んでいる人が紙の表の世界にいるとすれば、本の中で語られていることはその裏側に当たります。つまり、ぼくたちは本を読む行為を通して紙の裏側へ入っていくわけですが、その世界がこちら側、つまり紙の表側の世界に侵入してくることはないと安心し切っています。だからこそぼくたちはポーやカフカの作品を読んでも、壁の中に閉じこめられたり、目が覚めた時に毒虫に変身していることはないだろうと高をくくっていられるのです。けれども、コルタサルは読者と本とのこうした関係を突き崩してしまいます。

コルタサルの短篇では、女友達のアパートに引っ越したり、車の渋滞に巻き込まれたり、交通事故にあったりといったありふれた日常的な世界が、彼の仕掛けた魔術によっていつの間にか非日常的な悪夢の世界に変わっていることに気がつきます。一枚の紙の帯を一ひねりしてつなぎ合わせ、エンピツで表からたどってゆくといつの間にか紙の裏側に出ていて、表裏の差がなくなっていることに気がつきます。これはメビウスの輪と呼ばれていますが、コルタサルの短篇はまさにメビウスの輪のような構造を備えていて、読み進むうちに日常的な世界が崩れてゆき、知らぬうちに悪夢、幻想の世界に引き込まれています。紙の裏と表がひとつにつながっているのです。コルタサルは幻想的な短篇を書いているのではなく、彼自身が悪夢の世界を生きていて、それを言語化しているのだと言われることがありますが、まさにそのとおりでしょう。

　彼はあるエッセイで、悪夢を見たり、何かのオブセッションに取り付かれると、どうしても振り払えなくなる、それを言葉で語って短篇という形にしてはじめて、その呪縛から逃れられると言っています。つまり、メビウスの輪のように現実の世界と悪夢、幻想の世界がひとつにつながっているような作品を書くというのは、彼にとっては《悪魔祓いの儀式》にほかならなかったのです。

『石蹴り』、曼荼羅のような小説

　しかし、コルタサルは、こうした悪夢にからめとられるような作品を書くだけでは満足できなくなり、より深い宗教的探求を行うようになりました。中でも、《絶対的なもの》を求める主人公の苦悩と彷徨を描き、彼の代表作になったのが、長篇小説『石蹴り』なのです。石蹴りという子供の遊びは、ロジェ・カイヨワによれば宗教儀式のイニシエーション（加入礼）を行う最初の迷宮だとのことです。また、これは仏教の曼荼羅とも深い関係のある言葉で、しかも作者のコルタサルは当初この小説に『曼荼羅』というタイトルをつけようと考えていたそうですから、作品の背後に宗教的な探求の意味がこめられていることは言うまでもありません。また、そのタイトルどおり作品の構成も実に変わっています。本を開くと、冒頭に《指定表》というのが出てきて、読者はきっと面食らうことでしょう。そこには、この本は何冊もの本からなっているが、作者の薦める読み方はこれこれだと書かれています。そして、その下に章の番号が乱数表のように並んでいます。

作品そのものは一五五章から成り、三部構成になっていて、五六章までの第一部と第二部はふつうの小説のようにストーリーを追って読むことができます。それに続く第三部には、文学的断章、詩、新聞の切り抜き、哲学書や造園学の本からの引用、さらには第一部、第二部と内容的に続いている章など雑多なものが詰め込まれています。この小説はいろいろな読み方が可能なのですが、基本的にはまず第一部、第二部を通して読み、その後すべての章が含まれている「指定表」に従って読むやり方が基本的でしょう。メキシコの作家カルロス・フェンテスがこの小説をパンドラの箱になぞらえているように、そうして読み進むうちに読者は目の前で新しい扉が次々に開かれてゆくような気持ちになるはずです。

読みの仕掛け

この作品の主人公オラシオ・オリベイラは小説を書こうとアルゼンチンからパリにやってきて、ウルグアイ出身のラ・マーガという女性と知り合います。彼女にはロカマドゥールという障害のある子供がいます。パリにはいろいろな国籍の人たちが集まっていますが、オリベイラはそうした人たちと《蛇のクラブ》を作り、ジャズをはじめいろいろな音楽を聴いたり、議論を戦わせたりします。

オリベイラは、「追い求める男」に登場するジョニー・カーターが超越的な時間の支配する世界を夢見たように、人間の理性と感情、現実と夢や情動が矛盾することなくひとつに溶け合った《絶対的なもの》を探求しています。しかし、そのようなものは見つかるはずもなく、苦悩するのですが、その一方でロカマドゥールをはさんでラ・マーガとの関係が徐々におかしくなりはじめます。やがてロカマドゥールが亡くなり、それを機にラ・マーガはオリベイラのもとから姿を消してしまいます。彼女を探し求めてセーヌ川の岸をさまよい歩いているうちに、オリベイラは思わぬトラブルに巻き込まれて、帰国せざるを得なくなります。

第一部はそこで終わり、第二部ではアルゼンチンに戻ったオリベイラの話が語られます。帰国した彼を出迎えたのは友人のトラヴェラーとその妻のタリータですが、この二人の紹介で彼は一時サーカスの一座に勤め、その後精神病院で働くようになります。友人夫妻と親しく付き合ううちに、オリベイラはタリータのうちにラ・マーガの面影を見出し、彼女をラ・マーガだと思い込むようになります。そのせいで、友人夫妻との関係がこじれ、彼は精神的に追い詰められて病院の窓から飛び降り自殺するところで第二部が終わっています。詳細な分析は省略しますが、こうしたストーリーの背後にはディオニュソス神話が隠されており、それが作品に広がりと深みをもたらしています。

さて、第二部を読み終えると、次は《指定表》に従って読み進めるといいでしょう。作品の冒頭に出てくる《指定表》を見ると、下に「73—1—2—116—3—84—4—……」という風に数字が並んでいます。この章番号は一見アトランダムに見えますが、よく見ると第一部と

第二部の章番号はちゃんと昇順になっていて、その間に第三部の章番号がアトランダムに挿入されていることが分かります。しかも、この表の末尾は「……77―131―58―131―」と無限循環になっているので、形式的には終わりのない小説になっています。ほかにもいろいろと手の込んだ細かな仕掛けが施してありますが、それはどうかお読みになって見つけ出してください。

この読みが作者の言う二冊目なのですが、作品を読みはじめると、ストーリーの流れの中に雑多な内容の第三部の章がはさまれてくるので、まるで石蹴り遊びをしている時に、石を蹴りそこねて目指しているのとは違う升目に入ってしまったような気持ちになりますし、そこから見える風景も違ってくるのでびっくりされるに違いありません。しかも、第一部と第二部にもオリベイラの《絶対的なもの》を探求する苦悩、ブラウン運動のように自在に運動し、予測不可能な高みにまで飛翔する夢想、日常的な営みの中で心に浮かぶさまざまな思い、書物や音楽にまつわる主人公の瞑想など多岐にわたる内容が織り込まれていて、人間の精神の営みの多様性とその広がりに気づかれるはずです。

意識と無意識のはざまで

この作品の持つ性格をもっとも象徴的に現しているのが冒頭の一節なので、そこを紹介しておきましょう。

ラ・マーガに会えるだろうか？　それまではセーヌ通りを抜けてコンティ川岸通りに面したアーチをのぞくだけでよかった。川面でゆれているオリーブがかった灰色の光でものの形が見分けられれば、すぐに橋の上をあちこち歩き回ったり、鉄製の欄干から川面をのぞいている彼女のほっそりしたシルエットがポン・デ・アール橋の上に浮かび上がったものだった。通りを横切り、橋に通じる階段を登り、橋のくびれたところにいるラ・マーガのそばにゆくのはごく自然にできた。ぼくと同じように、人生では偶然の出会いはけっして偶然の産物ではなく、正確に時間と場所を決めてデートする人間というのは、手紙を書く時には罫線の入った便箋を使い、歯磨きのチューブなら下から丁寧に押し出すような人だと考えているので、彼女はぼくを見ると別に驚くこともなくにっこり微笑んだ。

ラ・マーガを探し求めてセーヌ川の岸を歩いているオリベイラの思いをつづった一節ですが、この一節は第一部の終章とつながっています。オリベイラにとって、思索と感情の世界をツバメのように自由奔放に飛び回るラ・マーガはかけがえのない半身だったのですが、彼女を失ったことによって彼は自身も含めてすべてを失ったような気持ちになります。罫の入った便箋で手紙を書き、歯磨きを使う時はチューブを下から丁寧に押し出す、つまり何ごとにも合理的で型どおりの考え方に縛られている生き方を否定するオリベイラとラ・マーガをはじめ、この作品に登場する風変わりなさまざまな人物たちのものの見方や生き様、考え方は、きっと読者の前に今まで気づかなかった新しい世界を開いてくれることでしょう。

フリオ・コルタサルは一九八四年、フランスで亡くなりました。人間の夢、それに意識と無意識の狭間という新しい大陸を再発見した彼の作品は今も少しも古びることなく、読者の前になじみ深い、それでいて未知の新しい世界を切り開いてくれるはずです。

5

ガブリエル・ガルシア＝マルケス『百年の孤独』——物語の力

……さらに（メルキアデスはホセ・アルカディオ・ブエンディーアに）ポルトガル製の地図を数枚といくつかの航海用の器具を渡した。また、天体観測儀や羅針盤、六分儀を使えるようにと、ヘルマン師の研究論文を要約した膨大な文書を自らペンをとって書き上げた。何カ月も続く雨期の間、ホセ・アルカディオ・ブエンディーアは誰にも実験の邪魔をされたくなかったので、家の奥に作った小さな部屋に閉じこもった。家事を一切顧みず、夜も眠らずに星の運行を観察し、また正午を正確に測る方法を見つけ出そうとして日射病にかかりそうになった。器具類を使いこなせるようになると、空間がどういうものか把握できるようになり、未知の大海原を航海したり、人の住まない土地を訪れたり、輝くような生き物と触れ合ったりするようになった……。突然熱に浮かされたような活動を中断し、何かに魅入られたようになった。何日もの間、憑かれたように低い声で一連の驚くべき推測を繰り返し語っていたが、自分でも信じられないようだった。ついに、一二月のある火曜日、昼食の時に自分に取りついていた考えを一気にぶちまけた。子供たちは熱で体を震わせ、連日連夜一睡もしなかった上に、押しとどめようもなく駆け巡る想像力のせいで憔悴した父親がテーブルの上座に座って、重々しく威厳のある態度で自分の発見を語った時のことを生涯忘れなかった。

「地球はオレンジみたいに丸いんだ」

ウルスラは思わずかっとなって、《頭がおかしくなるのは勝手だけど、あなただけにしておいて！》と叫んだ。《子供たちにまでおかしな考えを吹き込まないで！》絶望感に駆られた妻が怒りにまかせて天体観測儀を床に投げつけて壊したのを見ても平然としていた。彼は新しくもう一台作り、村人を小部屋に集めて、ひたすら東に向かって船を進めればいずれ出発点に戻る可能性があると、理路整然と説明したが、誰一人理解できなかった。村中の人間が、ホセ・アルカディオ・ブエンディーアは頭がどうかしてしまったと考えるようになったが、そんなところにメルキアデスが戻ってきて、ことをうまく収めた。メルキアデスは、この男はマコンドでこそまだ知られていないが、すでに証明済みの理論を、自ら天文学的な考察をするだけで作り上げたのだから大した知性の持ち主だと言って、みんなの前でほめそやし、彼を称賛している証として以後の村の運命に決定的な影響を及ぼす贈り物をしたが、それが錬金術の工房だった。

（『百年の孤独』）

本との出会いはその人の生き方や人生に大きな影響を与えることがあります。振り返ってみるとぼくの場合、中学生の時に読んだドストエフスキーの『罪と罰』、それに教師になってから出会ったフリオ・コルタサルの『石蹴り』とガブリエル・ガルシア＝マルケスの『百年の孤独』がそれに当たるようです。『罪と罰』を読んだ時は、大きな衝撃を受けてしばらくは何も手につかず、文学というのはすごいものだと感じ入った記憶があります。『石蹴り』と『百年の孤独』もぼくにとっては大変大きな意味を持っていました。

二つの小説との出会い

大学を卒業して五、六年の間、二〇世紀前半のスペイン文学を中心に読んでいたのですが、自分の探し求めているものが見当たらないように思えて、一六、七世紀の古典文学に方向転換しようかと迷いはじめました。そんな時にたまたま大学へ遊びに来ていた若いメキシコ人に出会って、日本語を教えてもらえないかと頼まれたのです。

そのメキシコ人は禅宗を学ぶために来日していたので、週に二、三回彼が宿泊している僧房を訪れて日本語を教えたのですが、適当なテキストもないままはじめたものですから、いつも雑談で終わっていました。ある日、君は何を研究しているんだと彼に尋ねられたので、実は迷っているんだと答えたところ、だったら、ラテンアメリカ文学をやるといい、今すばらしい作家たちが出てきている、たとえばこれがそうだ、そう言いながらナップザックから真っ黒な装丁の六〇〇ページ以上ある分厚い本を取り出してきたのです。

さすがにその本を見た時はたじたじとなって、思わず、いや、いいよ、これまでラテンアメリカ文学を読んだことがないし、たぶん読めそうもないからと言って断りました。しかし彼は強引にその本を押し付けて、とにかくだまされたと思って読んでみろと言ってきかなかったのです。それがコルタサルの『石蹴り』だったのですが、その本を家にもって帰って多少不安を抱きながら読みはじめてみると、面白くて一気に作品世界に引き込まれました。とりわけ、前章で引用した冒頭の箇所に惹かれました。あれほど魅了されたのは自分の進むべき方向が定まらずに迷っていたせいでしょうね。とくに、一行目に出てくる「ラ・マーガに会えるだろうか?」という一節は、当時迷いに迷っていたぼくにとっては一条の光のように思えました。今思えば、あと数年早くても遅くても、たぶんあそこまでのめりこむことはなかったでしょう。『石蹴り』に出会ってコルタサルを研究しようと決めて、ほかの作品も取り寄せて読みはじめたのですが、ちょうどその頃にガブリエル・ガルシア゠マルケスの書いた『百年の孤独』というすごい小説があると聞いたのです。こちらもすぐに読んだのですが、やはり同じように衝撃を受けました。以後、迷うことなくラテンアメリカの現代文学をやってみようと決めたのです。

考えてみると、今挙げた二作品は閉塞状況にあった二〇世紀の小説に新しい地平を切り開いた作品といえるかもしれません。というのも、この二つの小説は形式面でも、文体面でもまったく性格を異にしているのに、意外なところに共通点があって、それがとても重要な意味を持っているからです。『石蹴り』は前章でみたように斬新な手法を駆使した実験小説なのですが、その背後に神話的な通過儀礼を通して絶対を探求するというテーマが隠されています。ガルシア＝マルケスの『百年の孤独』もまた物語としての面白さに加えて、神話的で叙事詩的な性格を備えていて、それがこの作品の大きな魅力になっているのです。

祖父母に育てられる

ガルシア＝マルケスは一九二七年、コロンビア北部にある田舎町アラカタカに生まれたのですが、両親が仕事の関係で別の土地で暮らしていたために、彼は八歳まで祖父母の手で育てられました。祖父のニコラス・マルケスは長期にわたる内戦時代に軍人として戦闘に加わった経験があり、退役後も町の人たちの尊敬を集めていました。祖父母の住む家には家族をはじめ大勢の親族の人たちも同居していて、そのほとんどが女性だったそうです。男といえば祖父と彼だけだったこともあって、二人は強い絆で結ばれていたものですから、祖父は幼い彼にいろいろなことを教え、自らの体験談も語って聞かせました。

一方、祖母はスペインのガリシア地方の出身だったのですが、あの土地はケルト系の人たちの多いことで知られています。新倉俊一の『ヨーロッパ中世人の世界』の中に、ケルト系の民話について語られた面白い一節が出てきますので、以下に紹介しておきましょう。

ケルト系の民話においては、人々が生きている現実世界とは別に死者の世界があること、そして、その死者の世界で人々は生きていた時と同じような暮しを営んでおり、生者の世界から偶然訪れた者の働きかけによって、再び生者の世界に復帰するのを待望していることと、言いかえれば、甦りを期待している〈彼岸〉が実在していたのである。しかも、この死者の世界は、キリスト教のそれ（天国もしくは地獄）のように、時間的・空間的に隔絶した位相にあるのではなく、現実世界、生者の世界と踵を接したところに実在すべきものであった。

ケルト人の血を引く祖母は、死者や亡霊のでてくるぞっとするような話や気味の悪い話と現実にあったこととをまったく区別せず、ふだんと変わりない口調で話したそうですが、きっと彼女はケルト人特有の、妖精の棲む世界に生きていたのでしょう。そして、その影響がのちに小説家ガルシア＝マルケスを生み出す上で決定的な役割を果たすことになります。

ガルシア＝マルケスは八歳の時に、両親のもとに引き取られますが、そこには腹違いの子供たちも含めて一五人の兄弟姉妹がいたというのですから、こちらも大家族だったわけです。祖父母の家と今度の新しい家には風変わりな一族のものたちが同居していました。土を食べる妹、さまざまな妄想や固執に取りつかれたおばたち、数々の戦闘で勇敢に戦った経験のある祖父、未来を予見できる祖母などですが、こうした一族の人たちがやがて形を変えてガルシア＝マルケスの作品の中に登場することになります。しかし、それにはまだ長い年月が必要でした。

外国文学との出会い

文学好きの少年の例に漏れず、ガルシア＝マルケスも勉強と名のつくものは大嫌いで、好きな本ばかり読んでいたものですから、最初のうち成績は見るも無惨なものだったそうです。しかし、逃げようとするから苦しくなるんだと考え直し、持ち前のすぐれた記憶力を生かして勉強に身を入れるようになり、とたんに成績がぐんぐん上りはじめます。それ以上に驚かされるのは、自伝『生きて、語り伝える』(二〇〇二)を読むと分かるように、彼が幼い頃のさまざまな出来事や人名、地名を細部に至るまですべてを正確に覚えていることで、その記憶力は常人の域をはるかに超えています。ボルヘスの記憶力も驚嘆に値しますが、ガルシア＝マルケスのそれもやはり驚くべきものがあります。

少年時代に読んだ本でいちばん印象深かったのは『千一夜物語』だったと語っていますが、このあたりはいかにもガルシア＝マルケスらしいですね。その後、コロンビアの首都にあるボゴタ大学の法学部に入学し、そこでカフカの『変身』に出会います。その本を読んだ時のことを、「朝、目が覚めると巨大な毒虫に変身していたグレゴール・ザムザの話を読んで、《こういうことが可能だとは思いもしなかった。こういうことができるのなら、ものを書くのも面白そうだ》と思った」と語っています。さらに続けて、「まるで貞操帯をはずされたような感じだった」とも言っています。おそらくそれまでガルシア＝マルケスは、自分が経験したことや記憶とイメージの中にある世界は文学になりえないと思っていたのでしょう。それが『変身』と出会うことによって呪縛から解き放たれて、創作意欲に火がつきます。

ガルシア＝マルケスがボゴタ大学に入学した翌一九四八年に大統領候補の一人ガイタンが暗殺され、それが引き金になってボゴタ暴動が起こり、国内が大混乱におちいって大勢の人が殺害されますし、ガルシア＝マルケスもその騒ぎの中であやうく一命を落としそうになります。その騒ぎでボゴタ大学が封鎖されたために、彼はカルタヘーナ大学に移ることにします。

カルタヘーナでは大学にほとんど通わずもっぱらジャーナリズム関係の仕事をしながら創作をはじめるのですが、その一方でスペイン語圏の文学はもちろん、それまで知らなかった外国文学にも出会うことができたのは彼にとって大きな財産になりました。当時を回想した文章を読んで驚かされるのは、コロンビアというおよそ文学の中心から遠く離れた国で、首都だけでなく、地方都市でも文学に若々しい情熱を傾けている人たちが数多くいたことです。彼はこの時期に強い影響を受けたフォークナー、ヘミングウェイはもちろん、ボルヘス、D・H・ロレンス、オルダス・ハックスリー、バージニア・ウルフ、グレアム・グリーン、チェスタートン、キャサリン・マンスフィールド、ウィリアム・アイリッシュ、さらにはジェイムズ・ジョイスの『ユリシーズ』などの存在を友人、知人を通して知り、それらの作品を次々に読破したというのですから驚きます。当時そうした作品が翻訳を通して読まれていたことを考えると、外国文学の翻訳というのがいかに重要な意味を持っているか改めて考えさせられます。ちなみに、ガルシア＝マルケスが読んだカフカの『変身』はボルヘスの訳だったそうです。

困窮の中で「語り口」を見出す

一九五四年、大学を卒業しないままボゴタに戻り、《エル・エスペクタドール》紙でジャーナリストとして働くようになります。翌年には同紙の特派員としてヨーロッパへ行きますが、その一年後に新聞社が閉鎖されたために給料が届かなくなり、経済的に逼迫して、あちこちに借金をして何とか切り抜けたようで、当時のエピソードとして面白い話が伝わっています。ペルーの作家マリオ・バルガス＝リョサがフランス留学から帰国する際に、帰りの旅費を使い果たし、途方にくれてパリの安下宿屋に転がり込むのですが、そこの家主がペルー人と聞いて困ったような顔をし、ラテンアメリカの人間はどうも下宿代の払いが悪くてな、あんたの前に下宿していたラテンアメリカの若い人も結局下宿代を払わずに帰国してしまったんだとこぼしました。バルガス＝リョサは何とかなだめてそこに住まわせてもらうことにしたのですが、後年あるパーティでガルシア＝マルケスと顔を合わした時にひょんなことからパリ時代の話になり、よくよく聞いてみると二人が住んでいたのは同じ下宿屋で、下宿代を踏み倒したラテンアメリカの若い男というのはガルシア＝マルケスだったという、嘘のような話があります。それほど当時の彼は困窮していたのですね。

しかし、ガルシア＝マルケスの苦難はまだ続きます。一九五九年、パリでの生活に耐えられなくなり、キューバへ行き、その後作家カルロス・フェンテスを頼ってメキシコに移り住むというようにあちこちを転々とします。その間に小説『落葉』(一九五五)や短篇集『ママ・グランデの葬儀』(一九六二)を発表していますが、実は十数年前から抱いていた構想、つまり自分たち一族の物語を書こうという構想がこの頃にようやく形をとりはじめます。ただ、語り口、つまり文体がどうしても決まらずに難航していました。というのも、その物語をリアリスティックな文体で語ると、カリブ的な途方もない現実がこぼれ落ちてしまいますし、かといって現実離れしたカリブ的な世界を正面から描こうとすると、真実味のない単なる幻想的な物語になってしまうというジレンマにおちいっていたのです。

そんなある日、家族と車で旅行に出かけようとした時に、ふとアイデアが浮かびます。彼はそのまま車で家に戻ると、妻のメルセーデスに「やっと語り口が見つかった。……祖母と同じように何食わぬ顔をして幻想的な話を語ろうと思うんだ！」と言い、それから一八カ月間部屋に閉じこもって書き上げたのが『百年の孤独』(一九六七)です。その間妻のメルセーデスはあちこちお金を借りまわって、作品が仕上がったときは一万ドルもの借金があり身動きがとれませんでした。その原稿をアルゼンチンの出版社に送ろうと、郵便局へ行くと今度は郵送料が足りないというので、家にあるものを質に入れてやっと送ることができたそうです。ガルシア＝マルケスはこの小説で人びとに衝撃を与えるか、自滅するかのどちらかだと友人に語ったと伝えられますが、全世界の人たちに衝撃を与え、信じられないほど数多くの人たちに今も読まれ続けていることは周知のとおりです。

『百年の孤独』の小説世界

ガルシア＝マルケスは祖母の語りについて、「祖母は私に今目にしたばかりという顔をして、ぞっとするようなできごとを淡々と語って聞かせてくれたものだ。あんなふうに表情ひとつ変えずに、イメージ豊かに語ることによって祖母のお話がいっそう本当らしく思えるということに気づいたので、『百年の孤独』を書く時は、その語り口を真似たんだ」と語っています。この小説の魅力はそうした祖母の語り口を生かして現実と幻想の壁を取り払い、両者が渾然とひとつに溶け合った小説世界を作り上げている点にあると言えます。マコンドという町を創設したホセ・アルカディオ・ブエンディーアと彼の一族にまつわる百年の歴史が語られているのですが、小説を読みはじめた読者は、とめどなく繰り出される幻想的で奇想天外な数々のエピソードに飲み込まれ、圧倒されるにちがいありません。町中の人が不眠症にかかってひどい記憶喪失に見舞われ、あらゆるものに名前を書いた紙を貼り付けざるを得なくなったり、魔法の絨毯が空を飛んだり、突然黄色い花が雨のように降りはじめたり、チョコレートを飲んだ神父が空中を浮遊したり、ジプシーのメルキアデスという人物が外の世界から不可思議な発明品を持ち込んだり、小町娘のレメディオスがシーツに包《くる》まって昇天したり、雨が四年一一カ月二日間降り続いたりといったように思いもかけない出来事が次々に起こります。

途方もない人物たち

ただ、こうしたエピソードの積み重ねと語り口だけでは、長い小説を組み立てることはもちろん、読者を最後まで引っ張って行くこともできません。そこにはもう一つ重要な要素があります。それが人物像なのです。

まずはブエンディーア家の当主ホセ・アルカディオ・ブエンディーアに目を向けてみましょう。この人物は磁石に金属をひきつける力があると教えられて、それで金を地下から掘り出そうとしたり(むろん、失敗するわけですが)、錬金術に入れ込んだり、光を集めるレンズを利用して兵器を作ろうとしたりと、さまざまな実験を行って、いろいろなものを発明します。それらのエピソードを積みかさねてゆくと、たとえば天文観測儀で天体を観測し、書物を読み、論理的な思索を重ねたのちに独力で地球が丸いことを発見するくだりなどを見ても分かるように、することなすことがことごとく常人の域をはるかに越えています。

それでは息子の一人アウレリアーノ・ブエンディーアはというと、彼は三二回の反乱でことごとく失敗し、一四回の暗殺と七三回の伏兵攻撃、それに一回の銃殺刑をまぬかれていますが、これも通常ではありえないことです。あるいは、船乗りになって世界の海をかぞえきれないほど駆け巡った怪力無双のホセ・アルカディオ、製氷会社を作り、鉄道を敷設したアウレリアーノ・トリステ、サンスクリット語の初級教本で学んだ知識だけでメルキアデスが羊皮紙に書き残した一族百年の歴史を読み解いたアウレリアーノ・バビロニア。こうした人物たちを見ると、ブエンディーア一族の者たちがいろいろな意味で通常の人間をはるかに超えた存在であることに気づかれるはずですが、こうした人間像が神話的な物語や叙事詩の人物と共通していることは一目瞭然。しかも、ホセ・アルカディオ・ブエンディーアのうちに智謀の人オデュッセウスの影を、アウレリアーノ・ブエンディーアのうちに英雄アキレウスの面影を見出すのはぼくだけではないでしょうし、ほかの人物たちも含めて一族の者たちのうちに、中世の叙事詩に登場し、しばしば悲劇的な運命に見舞われるローランやエル・シッド、アマディス・デ・ガウラなどの面影を見出すことができるはずですし、そんな彼らのそばにはいつも死の世界からよみがえってきたメルキアデスが魔術師のように付き添っているのです。

時間の因果律をのがれて

こうした人物像に加えて時間の扱いもかなり特殊です。というのも、冒頭の一節は回顧からはじまり、時間がいったんアウレリアーノ・ブエンディーアの子供時代に戻ってから物語がはじまるのですが、この後に続く物語は実は歴史的時間、それもヨーロッパ史の歴史と比較すると分かるように、まったく前進しないのです。たとえば、ホセ・アルカディオ・ブエンディーアは地球がオレンジのように丸いことを発見するのですが、そこから大航海時代がはじまり、近代に突き進んでいくということはありません。そうした例は作中にいくらでも見つかるでしょう。

何よりも象徴的なのは、メルキアデスの書き残した羊皮紙が町もろとも大風によって吹き飛ばされるという末尾のくだりです。ハンス・マイヤーホフは『現代文学と時間』という本の中で、過去＝〈より前〉と未来＝〈より後〉という時間的秩序を規定するのは因果律であるとした後、こう続けています。「過去と未来を区別するのに、もう一つ別の経験的基準が用いられることもある。過去は痕跡、印、記録などを残すが、未来はそのようなものを残さないということがそれであって、これもまたたまこの世界――われわれ自身の心も含めて――に関する経験的事実となっている」と述べています。つまり、メルキアデスの残した羊皮紙が町もろとも風に吹き飛ばされることによって、マコンドの歴史は《記録のない世界》に、つまり通常の意味での歴史性を脱して神話の世界に変貌するのです。『百年の孤独』という小説が現代の古典として広く読み継がれ、今後も読まれ続ける理由はおそらく今述べたような叙事詩と神話の世界が詰め込まれているからであり、この作品が現代文学の傑作となった背後に、しっかりものの祖母、ケルト人の血を引く祖母の存在があることをここでもう一度思い出しておいてもいいでしょう。

ガルシア＝マルケスは『百年の孤独』を出版した翌一九六八年に、前々から温め続けてきた独裁者を主人公にした小説に取り掛かろうとするのですが、思うように行かずいったん中断します。その後中南米の独裁者に関する文献や資料を読み漁り、さまざまなうわさばなしや風聞を集め、かつて大統領の執事を務めたことのある人物からも話を聞き、さらにイメージ作りのためにユリウス・カエサルに関する伝記やスエトニウスの『ローマ皇帝伝』を何度も読み返した後、ふたたび着手して八年後の一九七五年に完成させたのが『族長の秋』です。小説の主人公は年齢が一〇七歳から二三二歳の間という信じられないような高齢の大統領です。そうした設定からも分かるように、この作品では現実の枠を大きくはみ出した途方もない事件、出来事が次々に語られていきます。老いさらばえた独裁者は動脈がガラスと化し、腎臓に砂が詰まり、心臓に亀裂がはいっています。アメリカに多額の借款をしていたためにすべての利権を失い、ついにはカリブ海まで売り渡し、権力者ゆえの孤独感にさいなまれてかずかずの残虐非道な行動に走ります。たとえば、大統領が死亡したという虚偽の報道を流し、民衆が大喜びして大統領官邸に侵入してくるところを虐殺させたり、反逆をたくらんでいる将軍を殺害して丸焼きにし、パーティの席に料理として出したり、宝くじで子供たちを使っていかさまをやり賞金を手にしたものの、その子供の数が増えて二千人にのぼり始末に困ると、子供たちを船に乗せて殺した後、その行為にかかわった部下のもの全員を銃殺

『族長の秋』の文体

刑にして事件をもみ消すといったすさまじいことをやってのけます。独裁者のとる行動はことごとく桁外れで、常識の枠を大きくはみ出しています。その意味では『百年の孤独』を思わせるところがあるのですが、根本的にちがうのはその文体です。

前作では祖母の語り口を生かして作品を書き上げたのですが、『族長の秋』の時は、リズミカルで響きのいい音楽的な諧調を取り入れて、散文詩のようなスタイルで押し通すことにしたのです。まるで詩を書くように一語一語吟味し、ひとつひとつの章句の音楽的な構成に耳を傾けながら執筆したので、まる一日かけて一行も書けない日があり、完成までに長い時間がかかったそうです。もうひとつこの作品で重要なのは、物語が螺旋《らせん》を描きながら進行していることです。詩的な散文を用い、物語を螺旋構造にすることによって、作者は通常の文体では語りきれない内容を作品の中に詰め込むのに成功しています。

ガルシア＝マルケスと小説の歴史

ついでガルシア＝マルケスは、一九八一年に『予告された殺人の記録』を出版、そしてその翌年にノーベル文学賞を受賞しています。その時に「私の小説には現実に基づかない文章はただの一行もありません」と言っていますが、これは何よりも新大陸の現実が途方もないものであり、彼の小説に描かれている現実離れした数々のエピソードは多少の誇張、歪曲はあるにせよ、すべて現実に基づいて書かれているということを物語っています。

ついで、一九八五年には両親の婚約時代に題材をとり、五〇年以上もの間一人の女性を愛し続けるという現実にはありえない愛を描いた小説『コレラの時代の愛』を発表します。彼は時代を一九世紀末から二〇世紀前半に設定し、数多くの文献資料を渉猟して時代考証を行い、五〇年以上もの間一人の女性を愛し続けるというありえないはずの物語をありうる現実世界の中に据えるという手の込んだ手法を用いています。この恋の物語を縦糸にして、独立後四、五〇年たち、没落の一途をたどっているかつての上流階級や新興成金の登場してくる社会、あるいは文明の利器である電信・電話の普及、客を乗せてマグダレーナ川を航行する船会社、当時のヨーロッパと新大陸の医療事情、とりわけ伝染病コレラの蔓延時における措置などが詳細に書き込まれています。こうした写実的な細部の積み重ねが作品全体にどっしりした重みを与え、さらにはウルビーノ博士、フェルミナ・ダーサ、フロレンティーノ・アリーサを中心とする数多くの登場人物が壁画のように作品を作り上げて、当時の人間と世界を確固とした重みのあるものとして描き出しています。世界の小説の中には一度読むと、心に残って、一生忘れることのできない作品がありますが、この小説もまさにそうした一冊であると言ってもいいでしょう。

その後も、独立戦争の英雄シモン・ボリーバルの悲劇的な死を描いた歴史小説『迷宮の将軍』（一九八九）、『愛その他の悪霊について』（一九九四）、『わが悲しき娼婦たちの思い出』（二〇〇四）といった小説のほか、自伝『生きて、語り伝える』（二〇〇二）などを発表しています。

ガルシア＝マルケスのように、一作一作書き上げるのに長い時間をかけ、時には一〇年以上もかけてテーマを熟成させ、そのたびに文体、語り口を変えながらことごとく成功させている作家というのは、いつの時代を見てもまず見つからないでしょう。しかも、作品を並べて見渡すと、『愛その他の悪霊について』では植民地時代、『迷宮の将軍』では独立戦争の時代、『コレラの時代の愛』では一九世紀後半から二〇世紀前半、『予告された殺人の記録』『わが悲しき娼婦たちの思い出』では現代が描かれ、さらに『百年の孤独』『族長の秋』では神話的・叙事詩的な世界が描かれていて、彼一人のうちに小説の歴史がそのまま凝縮されてすっぽりおさまっているような感じさえします。その意味で彼は真の天才と呼べるかもしれません。

6

カルロス・フェンテス『我《テラ》ら《・》が《ノ》大《ス》地《トラ》』

――断絶した歴史の上に

三三日と半日前にセーヌ川の水が沸騰するという驚くべき災厄が起こった可能性があった。それから一カ月もすると、誰ひとりその現象に目を向けなくなっていた。黒いハシケは最初川の水が沸騰した時に大きく揺れて、川岸の岸壁に激しく叩きつけられたが、避けがたい事態に抵抗しようとはしなかった。川に生きる男たちは繊維の長い羊毛で編んだ帽子をかぶり、黒タバコの火を消し、トカゲのように桟橋に這い上がった。積み重なった船の残骸は炭と鉄、木っ端の輝かしい堆積と化していた。

しかし、そうした出来事を抽象化してとらえることのできるノートル・ダム寺院のガーゴイルは、その黒い石の目ではるかに広い全景を見渡していた。一二〇〇万人のパリ市民は、なぜ大昔のあの怪物たちが人を馬鹿にしたようにひどいしかめ面をして、パリ市に向かって舌を出しているのかようやく理解した。もともと石に刻まれていたガーゴイルが、今になってあのような驚くべき行動をとった理由が明らかになったように思われた。おそらくガーゴイルたちは八世紀間辛抱強く待ち続けて、やっと目を開き、二つに分かれた舌で鼻歌を歌いだしたのだろう。夜明けの光を浴びている遠くのサクレクール寺院のドームと正面全体はペンキを塗ったように真っ黒になっていた。目の下、手を伸ばせば届きそうなところにある模型のようなルーブル美術館は透明になっていた。

困惑した当局はずさんな調査の結果、あの黒いペンキは大理石で、透明になっているのはガラスでできているせいだという結論を出した。初期キリスト教の教会堂の内部にある聖像は色だけでなく、民族まで変わっていた。輝く黒檀のような色をしたコンゴ人の聖母の前でどんなふうに十字を切ればいいのだろう、黒人特有の厚い唇をしたキリストの前でどのように許しを乞えばいいのだろう？　一方、美術館の絵画と彫刻は不透明になったが、それを見て多くの人は壁と床、それに天井がガラスになり、それとのコントラストであのように見えるのだと決めつけた。サモトラケのニケがこれといった支えもないのに宙に浮かんでいたが、それを見て腹を立てている人間がいるようには思えなかった。すべてが軽くなっている中でファラオの仮面が急に重厚さを増し、新たに解き放たれた空間の中にあるジョコンダの顔を威圧し、ジョコンダの顔はダビッドの描くナポレオンのそれを威圧していた。それを見て、人々はふたたび疑念にとらえられた。それだけではない。どの絵にもついている額縁が透明になって消滅し、その結果純粋に慣習的な空間が解き放たれて、モナリザが一人きりではなく、しかも腕を組んでいる姿を目にすることができた。しかも、彼女はにっこり笑っていたのだ。

（『我らが大地《テラ・ノストラ》』）

小川洋子の『博士の愛した数式』は静謐で透明な美しさをたたえたすばらしい小説ですが、その中にゼロはインドで発見されたという記述が出てきます。ゼロの発見は数学史上もっとも重要な事件のひとつだというのは耳学問で知っていたのですが、インドで発見されたという個所を読んで、おやっと思いました。というのも、以前どこかでそれよりもはるか昔にメソポタミアとエジプトでゼロが発見され、また現在のメキシコから中米にかけて栄えたオルメカやマヤの文明も、他の文明とまったく接触することなく、単独でゼロを発見していたと書かれてあったのを読んだ記憶があったからです。ただ、調べてみると、数学の世界でゼロを最初に発見したのはやはりインドで、ほかの文明はその存在を知っていたに過ぎないとのことでした。ともあれ、このマヤ文明をはじめ、メソポタミア、エジプトの文明がそれぞれに壮麗壮大な石造建築やピラミッドを残しているのは、偶然の一致ではなく、ゼロを知っていたことと関係があるのかもしれませんね。

失われた古代文明

メキシコにはマヤをはじめ、オルメカ、トルテカ、それにスペイン人に滅ぼされる前に栄えたアステカなど数々の文明があり、今も遺跡が残っています。以前、メキシコに滞在していた時に、そうした遺跡を訪れたのですが、マヤ文明の遺跡チチェン・イッツァーとテオティワカンの神殿を訪れた時のことは今も忘れられません。そこのピラミッドに登った時に、石造りならではの重量感に圧倒されつつ、精密精緻な計算の上に組み上げられた石組みを見て息を飲む思いがしました。けれども、その後なんとも言いようのない空虚感、悲しみというにはあまりにも希薄な寂しさ、寄る辺なさのようなものを感じました。

というのも、目の前に広がる広大な土地のあちこちに作られた神殿群、ピラミッドはただそこにあるというだけで、住む人はもちろん、それを作った人たちの子孫はいても文明を継承する人はいないのです。たとえば、先にふれたように西暦四世紀から八世紀にかけて全盛期を迎えたマヤの人たちは、なぜかある日突然神殿やピラミッドを放棄して姿を消してしまいます。エルナン・コルテス率いるスペイン人に滅ぼされたアステカ族を除いて、ほかの文明の人たちは内乱、旱魃《かんばつ》、あるいは神託によってそうした神殿、ピラミッドを捨て去ったと言われています。ユカタン半島にある遺跡のひとつに登った時に、かつてマヤ族の人たちは突然これらの建造物を捨てて密林の中に溶け込み、現在子孫の人たちは眼下に広がる密林で原始の生活を営んでいるのだということに思い当たり、とたんに自分の立っている足元が崩れ落ちてゆくような感覚にとらえられました。

断ち切られた歴史を背負って

彼らの歴史はそこで切断されていて、後に続く子孫の人たちは過去、すなわち祖先の歴史がどういうものであったのかほとんど知らないのです。しかも、口承、あるいは絵文字の形で残されている切断された歴史は、ヨーロッパ的な意味で言えば、歴史というよりも神話に近いものでしかありません。

メキシコの詩人オクタビオ・パスは、ラテンアメリカの文学は、そこで用いられている言語が象徴的に語っているように、ヨーロッパという大木からスペイン文学という一本の枝が切り取られて挿し木されたものであり、それが新大陸の土壌になじんで根を下ろし、やがて独自の花を咲かせ、実を成らせ、小鳥がまわりを飛び回るようになったのだと語っています。これは卓抜な比喩ですね。もっとも植民地時代というのは宗主国の規制が非常に厳しかったものですから、冬眠しているような状態にあって、文学的にはわずかな例外を除いて見るべきものはほとんどなかったと言っていいでしょう。新大陸の国々は一九世紀前半に独立するのですが、文学的な面から見ると、一九世紀後半に《近代派《モデルニスモ》》と呼ばれる詩を中心とする文学運動が起こって、ようやく独自の作品を生み出すようになります。

つまり、ラテンアメリカ諸国というのは大変若い国々で、歴史をさかのぼっても、たどれるのは一六世紀までで、そこで糸がぷっつり切れてしまいます。そして、先スペイン時代の遺跡がある国々では、まったく異質な言語である絵文字や口承による神話的な歴史が伝えられているに過ぎませんし、そうした文明を持たない土地だと、密林に覆われているか、茫漠とした砂漠、あるいは草原が広がっているだけなのです。

そこから考えれば、グアテマラのアストゥリアスがマヤ族の神話的な世界を自らの作品の中でよみがえらせたり、カルペンティエルが、川をさかのぼることが時間の遡行につながり、ついに始原の世界にたどり着くという内容の小説を書いたり、ボルヘスがヨーロッパ的な意味での歴史をまったく無視して、自在に時空の旅をして特異な言語空間を作り上げたのも、歴史の欠落という点から見れば納得の行くものになるでしょう。

この章で取り上げるフェンテスもまた欠落した歴史を強く意識した作家のひとりです。

メキシコを外から見つめる

メキシコの作家カルロス・フェンテスは父親が外交官だったので、一九二八年にパナマ市で生まれました。父親の勤務の関係で、その後もモンテビデオ、リオデジャネイロ、ブエノスアイレスなど南米各地を転々とし、一九三四年、六歳の時にようやくアメリカ合衆国のワシントンに落ち着きます。この頃に文学の世界に出会い、マーク・トウェイン、アレクサンドル・デュマ、ジュール・ヴェルヌ、スティーブンソンなどの小説を読み漁り、小学生の頃に創作の真似事をはじめたそうです。

その後、一九四一年からチリの首都サンティアーゴ・デ・チレで暮らすことになるのですが、この時期はもっぱらゴシック小説と探偵小説にはまっていました。彼がメキシコに帰国するのは、一九四四年、一六歳のときですが、この頃からドス・パソス、フォークナー、D・H・ロレンス、ジョイス、プルーストなどの作品を読み漁るようになります。中でもバルザックは彼にとって師表とも言える存在で、いずれはバルザックのように膨大な作品を通して、メキシコの全体像を描き出したいと考え、その夢は彼の中でずっと生き続けます。

一九五〇年から一年間、国際法を勉強するためにジュネーヴに滞在するのですが、この時にオクタビオ・パスに出会い、彼から詩とギリシア・ローマの古典文学の世界に対する目を開かれます。折しもメキシコは一九四〇年代から五〇年代にかけて大変興味深い時代を迎えていました。というのも、民衆革命として知られるメキシコ革命が起こったのは一九一〇年ですが、革命によってディアス独裁体制が崩壊した後も混乱が続き、ようやく落ち着くのは二〇―三〇年代のことです。そして四〇年代に入ると、メキシコとメキシコ人のアイデンティティを探求する運動が起こってきますが、フェンテスが帰国したのがちょうどその時期に当たります。

彼は長い間外国暮らしをしてきたので、つねに外側からメキシコを眺めてきました。そんな彼にとって、当時の文学者、哲学者、思想家がそれぞれにメキシコについて論じている本が大変刺激的に思えたのです。中でもパスのエッセイ『孤独の迷宮』から大きな影響を受けました。メキシコ人であることを強く自覚し、メキシコというテーマがもっとも重要なものになったのは、この時の読書が作用しているからにちがいありません。

よみがえるチャック・モール

少年時代から作家になりたいと考えていたフェンテスは、一九五四年、二六歳の時に、短篇集『仮面の日々』を発表します。この中に「チャック・モール」という短篇が収められているのですが、この作品を書く少し前に奇妙な事件があって、そこから想を得てこの短篇を書いたそうです。そのエピソードを紹介しておきましょう。

一九五二年にヨーロッパでメキシコ美術展が開かれることになって、マヤ文明の雨の神チャック・モールの石像も船でヨーロッパに運ばれることになりました。その時に、船が大西洋上で季節外れの暴風雨に見舞われ、さらにその嵐がヨーロッパ全土に記録的な大雨をもたらしたのです。ポルトガルとの国境に高い山がそびえているスペインの内陸部は、フェーン現象のせいで雨の少ないことで知られていますが、そういうところにも雨が降り、過去五〇年間雨の恩恵に浴さなかった土地にまで雨が降ったものですから、農民たちは大喜びしたそうです。話はそれだけで終わらず、その後船がイギリスに向かった時も、前代未聞の大嵐に見舞われて難破しそうになったので、これは雨の神チャック・モールがもたらした嵐にちがいないと大評判になったそうです。フェンテスは後にその事件に触発されて短篇を書いたと語っています。

短篇「チャック・モール」に登場するフィリベルトは、先スペイン時代の遺物や石像を集めるのが趣味で、ある日泥棒市でチャック・モールの石像を見つけて購入します。ところが、家に持ち帰り、地下室に大切にしまっていたところ、石造りのはずの像が少しずつ柔かくなりはじめ、ついには命を取り戻してよみがえり、彼にあれこれ命令したり、召使のようにこき使うようになります。たまりかねて家を飛び出した彼は、アカプルコに逃れるのですが、そこで溺死してしまいます。知らせを聞いて、《ぼく》は遺体を引き取りに行き、そこで彼が残した手記を読んでびっくりします。石像がよみがえることはありえないと思いつつ友人の家を訪れると、ガウンを羽織り、厚化粧したインディオの男が現れて、遺体を地下室へ運ぶように言うところで、この短篇は終わっています。このインディオがチャック・モールであることは言うまでもありませんが、こうした結びを通してぼく達は日常世界の中にぽっかり開いた異界に通じるドア、つまり先スペイン時代の神が生きている世界と向き合うことになります。そしてその時、ぼく達が生きている歴史的な時間が音を立てて崩れ落ち、それとはまったく異質なメキシコ古代の時間が目の前を流れはじめることでしょう。

現代社会の壁画『空気の澄んだ土地』

メキシコの現代は二〇世紀初めの革命にはじまると言われます。三四年間にわたって独裁制を敷いてきたポルフィリオ・ディアスは、一九一〇年に国内のあちこちで反乱が起こったために、翌年パリに亡命します。その後、権力抗争がはじまって国内の混乱が続きますが、一九一七年に憲法が制定されてようやく一応の安定を見せはじめるようになります。

フェンテスの小説『空気の澄んだ土地』(一九五八)は、この革命後の混乱に乗じて成功を収めたものの、やがて事業に失敗して故郷に戻ってゆくフェデリーコ・ロブレスを中心に据えて、メキシコの現代社会の全体像を描き出そうとした作品です。貧農の子として生まれたロブレスをはじめ、娼婦、タクシーの運転手、貧民、ブルジョワ、成金、貴族、芸術家、有り余るほど金を持っている亡命者など総勢八〇人近い人物が登場するこの作品は、まるで壁画のようにメキシコの現代社会がもつさまざまな顔を浮かび上がらせています。ただ、あまりにも登場人物が多いのと、上流社会から下層民の生きる世界までが描かれているために、作品が拡散、混乱してしまうのですが、フェンテスはそこにアステカ族の末裔のイスカ・シエンフェゴスを登場させることによって、混沌とした小説に統一を与えようとしています。イスカ・シエンフェゴスという謎に満ちた不可解な人物は、名士の集まる社交界から貧民街にいたるまでどこにでも自由に出入りできるのですが、オクタビオ・パスが述べているように、この人物が作品の「隠された中心」であり、また、彼がチャック・モールの血筋を引く人物であることは改めて指摘するまでもないでしょう。

メキシコ国民というのは白人、インディオ、それに混血によって構成されているのですが、混血の人たちの比率がほかの国々に比べて大変高いことも大きな特徴です。革命後の現代社会を描こうとした作家が、主人公を貧農の出身で、混血のロブレスにした理由もそこに求めることができます。

一方、精霊のようにあらゆる場所に自在に姿を現す謎の人物イスカを創造することによって、作者は現代メキシコの背後、もしくは地下に今も不気味な力を秘めた先スペイン時代の文明がひそかに息づいていて、それが時によみがえってくるのだと語りかけています。

線的な歴史からの逸脱

時間というのは目に見えないものですから、人は何とか形にしてとらえようとしてきました。古代ギリシアの哲学者ヘラクレイトスや鴨長明が時の流れを川になぞらえていることはよく知られています。こうした時間は変化、推移としてとらえられますが、一方ある宗教学者の言うところではさまざまな宗教、とりわけ原始宗教は時間を循環するものとして認識しているそうです。そう言えば、仏教もそうですし、ラテンアメリカの先スペイン時代の文明も、時間を循環し、円環するものとしてとらえていました。たしかに、太陽がめぐって昼と夜が交互に訪れてきますし、四季の訪れや星座もまた循環しています。その視点にたてば、時間は循環、円環としてとらえることもできます。つまり、時間を見やすい幾何学的な図形に置き換えるとしたら、直線と円になると言っていいでしょう。

ミルチャ・エリアーデという宗教学者は、時間を直線としてとらえたのはユダヤ教とその流れを汲むキリスト教で、それ以外の宗教はほとんどが時間の循環説、円環説を取っていると言っています。直線的なものとしてとらえると、時間は継起、連続するものになって、すべての出来事はそのプロセスの中でただ一度きりのものとして認識されます。新約聖書の「ヘブル人への手紙」の中の一節、人々の罪を取り除くためにキリストは、「世の終りに、一度だけ現れたのである。そして、一度だけ死ぬことと、死んだ後《のち》さばきを受けることとが、人間に定まっているように……」という一節が、そのことを象徴的に物語っています。つまり、この考え方だと時間は直線的で、連続、継起するものだということになり、そうなると歴史上の人間の運命や行動はただ一度きりのものでしかないという結論が導き出されます。

近代に入ると、この直線的な時間の考え方に進歩の概念が加わります。つまり、文明が進歩を遂げてやがて未来において理想の世界が誕生するというもので、これはヘーゲルからマルクスに至る思想家や哲学者をはじめとして、さまざまな人たちが唱えてきました。

こうした直線的な時間の延長線上に理想の世界、ユートピアを設定し、それに向かって突き進むという考え方に疑問符が打たれるようになるのは二〇世紀に入ってからですが、メキシコの先スペイン時代の文明の遺産を作品に取り込もうとしているフェンテスもまた、そうした直線的な時間に対して否定的な態度をとっています。

『空気の澄んだ土地』の四年後に出版された『アルテミオ・クルスの死』(一九六二)では、革命の混乱に乗じ、ひたすら前を見て、一歩、いや半歩でもいいから前に進みたい、上に這い上がりたいという上昇志向に支えられて生きた主人公が、死の床にある場面を描いています。一人称を巧みに使うことによって、フェンテスは主人公アルテミオ・クルスの過去の栄光と現在の悲惨を鮮やかに対比させ、現在を捨てて顧みず、ひたすら未来だけを見つめてそこに夢の実現を願ってきた生き方に対して痛烈な批判を浴びせていますし、それはまた未来にユートピアを設定し、それに向かって突き進む近代の直線的な時間認識に対する手厳しい批判にもなっていると言っていいでしょう。

『脱皮』の重い問いかけ

一九六七年にフェンテスが発表した小説『脱皮』もまたそうしたことを語ろうとした野心的な大作です。この小説について作者は次のように言っています。「この小説を理解する唯一の方法は、絶対的なその虚構性を受け入れるかどうかにかかっている。……つまり、作品全体が虚構であって、現実の反映といったものはまったく目指していない」。ですから、以下に紹介する作品のあらすじも大きな枠組みだとお考えください。

中心的な登場人物はメキシコ人で、大学で教鞭をとっているハビエル、その妻でユダヤ系アメリカ人のエリザベス、かつてナチスだったドイツ系チェコスロバキア人のフランツ、ハビエルの教え子で、女子大生のイサベルの四人で、彼らが車でメキシコ市からメキシコ湾岸にある町ベラクルスまでドライブします。実を言うと、彼らは一六世紀にスペイン人の征服者《コンキスタドール》エルナン・コルテスがたどった道を逆方向に進んでいるのです。一行は先スペイン時代の遺跡のあるチョルーラに車を停めますが、そこで車が故障して動かなくなります。その夜、この四人は悲劇的な事件に見舞われるのですが、以上の四人に加えて彼らをバスで追いかける謎の人物《語り手》が登場してきます。この人物はなぜかあの四人についてすべてを知っているのです。

こうした人物たちの会話や記憶、意識を通して彼らの置かれた状況や人間関係、さらにはそれぞれが抱える過去、さらには民族的な過去までがあぶりだされてゆき、そこから現代メキシコ、先スペイン時代のメキシコ文明、中世ヨーロッパの、あるいはナチスによるユダヤ人虐殺、アメリカのキューバ侵攻、宗教裁判をはじめとする世界史の中のさまざまな重要な事件が語られてゆきます。また、芸術論、映画論までが展開されています。

つまり、この作品では現代メキシコに生きる四人の男女を中心にしながら、さまざまな空間的、時間的拡がりを持つ、目くるめくような世界がくり広げられているのですが、実は(タネあかしになりますが)末尾でここまで語られてきたことは彼らの跡をつけてきた《語り手》の妄想が生み出したフィクションであり、しかもこの人物が精神病院にいることが明かされます。すべては虚構だったのですが、では作品の中で語られていた悲惨と虐殺、悲劇の歴史もまた虚構だったのかという疑問が生じてきます。この作品で語られる人間の愚かな行為は果たして、直線的時間の中の一度きりの出来事なのだろうか、同じことが繰り返し行われているのではないのか、という問いかけが読後にずっしり重くのしかかってくるのです。

壮大な円環の時間『我らが大地』

『脱皮』を出版してから八年後の一九七五年に、フェンテスはさらに長大な小説『我らが大地《テラ・ノストラ》』を発表します。ここでは直線的な歴史的時間は崩壊し、時空を自在に超えた世界の物語が展開されています。

冒頭で二〇世紀末の物情騒然としたパリの様子が描かれますが、そこにサンドイッチマンをしているポーロ・フェボが登場してきます。彼は奇妙な夢を見た後、アパートを出ようとした時に門番の老婆のうめき声を耳にしました。部屋に入ると、なんと老婆は子供を生むところだったのです。彼の助けで無事生まれた子供の手足には指が六本ずつついていて、背中には赤い十字の印がありました。彼は、子供を取り上げる前に自分宛てに奇妙な手紙が届いているのに気がついて、目を通していたのですが、そこに指示してあったとおり子供にヨハンネス・アグリッパという名前をつけます。外に出た彼は橋の上で刺青をした見ず知らずの女性から声をかけられ、わけの分からないままもつれ合っているうちにセーヌ川に転落します。

そこで場面が一転して、新大陸発見前後のスペインに変わります。その国の国王と皇太子のフェリーペ、彼等を取り巻く数多くの奇態な人物たち、こうした人たちにまつわる話がとめどなく語られてゆきます。数多くの断章が時間的配列を無視して並べられている上に、人称がたえず変化するためにストーリーは錯綜した展開を見せます。内容もまた凄惨で、農民の結婚式の夜に花嫁をさらい、息子に陵辱するように命じ、ためらっている息子の前で行為に及ぶ国王、猟犬による獣姦、ネズミに恥部を食い破られる王妃、黒魔術に魅せられたその王妃のホムンクルス作り、教会内での身の毛のよだつような瀆聖行為、町中に累々と横たわる死体など、一六世紀スペインの裏面史が語られてゆきます。さらに、国王となったフェリーペの前に、手足の指が六本あり、背中に赤い十字の刻印のある若者が三人現れて、物語はいっそう混迷の度を深めます。

第二部では、三人の若者の一人が国王であるフェリーペに新大陸での奇怪な体験を語って聞かせます。この第二部で語られる物語は、イギリスのゴシック小説の傑作といわれるチャールズ・ロバート・マチューリンの『放浪者メルモス』の中で語られる《印度魔島奇譚》を彷彿させ、読む人をゴシック小説の世界へといざなってゆくことでしょう。

新大陸の話を聞いたフェリーペは恐れをなし、その話が広まらないよう若者を地下牢に閉じ込めるように命じるのですが、そこから第三部がはじまります。フェリーペは王宮、修道院、教会、大学、それらすべてを兼ね備えた大修道院エル・エスコリアルを建設し、その中に閉じこもって神とともに永遠を自らのものにしようとします。つまり、時間の流れを止め、空間を限定し、そこで永遠を手に入れようとしたのです。ですから、新大陸という未知の世界に目をつむり、時の流れ、変化を拒否しようとしたのです。

この第三部ではまた、神学者や哲学者、文学者、異端者、夢想家など実に多種多様な人たちが登場してきて、さまざまな事件が語られるのですが、作者のフェンテスは途方もない博識ぶりを発揮して、宗教、哲学、文学、思想、神学について、あるいは異端の教義、数字の持つ魔術的な意味について蘊蓄を傾けていて、そこを読むだけでも大いに楽しめます。国王フェリーぺはやがて病魔におかされて命を落とすのですが、一九九九年にふたたびよみがえります。よみがえった場所はパリなのですが、ここでこの小説は作品の冒頭へと戻ることになります。つまり、壮大なこの物語は円環構造になっているのです。

悲惨な愚行の果てに

人間の醜行、愚行、あるいは救いがたい悲惨、悲劇を物語ったこの作品の末尾で、作者は登場人物の口を通してこう語りかけています。「……歴史は繰り返された、歴史は同じだった。その中軸は共同墓地であり、その根は狂気、その結果は犯罪、その救済は……いくつかの美しい建造物ととらえがたい言葉だった。歴史は同じだった。かつては悲劇であり、今では喜劇、最初は喜劇で、やがて悲劇になる……すべては終わった。一切は虚偽だったのだ。同じ犯罪が、同じ過ちが、同じ狂気が繰り返されたのだ……」

この引用からもうかがえるように、フェンテスはキリスト教的な、もしくはヨーロッパ近代の直線的、歴史的時間認識、つまりあらゆる出来事は一度きりのものであるという考え方を否定し、人間の歴史においては同じことが何度も繰り返されるのだと語りかけています。そのことは国王フェリーペのよみがえりひとつとってみても分かります。さらに、ゴシック小説を思わせる語り口で、先スペイン時代のインディオたちの闇の世界を取り込むことによって作品の世界を大きく広げ、読者の前に新たな、驚異に満ちた世界を開示しています。この作品が彼の代表作として高く評価されているのもうなずけます。さらにもうひとつ付け加えておきますと、フェンテスは『我らが大地』をはじめ数々の作品で、人間の愚かしさをはじめ、人が行う醜行、愚行、蛮行を痛烈に批判しているのですが、不思議なことにそうした激しい怒りの背後に人間と人間性へのゆるぎない信頼感が感じ取れて、それが彼の作品を魅力的で、厚みのあるものにしています。

現代のバルザックを目指しているフェンテスは、『我らが大地』を出版した後も旺盛な創作活動を続けていて、これまでに『遠い家族』(一九八〇)、『老いぼれグリンゴ』(一九八五)、『胎児クリストバル』(一九八七)、『ガラスの国境』(一九九五)、『鷲の椅子』(二〇〇三)、『すべての幸福な家族』(二〇〇六)、『意思と幸運』(二〇〇八)などの小説をはじめ、エッセイや時事評論を数多く発表しており、そのエネルギッシュな創作意欲には驚嘆させられるばかりです。

7

マリオ・バルガス＝リョサ『緑の家』
——騎士道物語の継承者

アンデスから吹きおろす風は砂丘の熱気にあおられていっそう勢いを増す。砂を含んだ風は川に沿って下り、町を襲うが、遠くから見るとその風は、天と地のあいだにはさまれたきらめく兜のように見える。風は町の上に砂をまき散らす。四季を問わず、夕暮れ時になるとのこ屑のようにさらさらした細かな砂の雨を降らせるが、それが明け方まで降りつづく。砂は広場や屋根、塔、鐘楼、バルコニー、木々の上に降りしきり、ピウラの町の街路を白一色に染め上げる。よその土地から来たものは、「この町の家は今にも倒れそうだ」というが、これは誤解である。夜になると、目に見えないほど小さな無数の砂粒がドアや窓に激しくぶつかる。それを建物のきしむ音と聞きちがえているのだ。……

ピウラの夜はさまざまな物語で満たされている。農夫たちは亡霊の話をし、片隅では女たちが料理を作りながら、噂話や人の不幸を取沙汰している。男たちはひょうたんの椀で金色のチチャ酒を、ごつごつした厚手のグラスで砂糖きび酒《カーニャ》を飲んでいる。砂糖きび酒は山のほうで作られるひどく強い酒で、よそから来た者がはじめてこれを飲むと、必ずといっていいほどぽろぽろ涙を流す。子供たちは地面をころげまわったり、喧嘩をしたり、虫の穴をふさいだり、イグアナのわなを作っている。かと思うと、目を大きく見開いて大人の話にじっと耳を傾けている子供もいる。カンチャーケ、ウアンカバンバ、アヤバーカの峡谷に身をひそめ、通りかかった旅人から金品をまきあげたり、時には首をはねたりする山賊や悪霊のさまよう大きなお屋敷の話、奇跡のように病気を治す呪術師、鎖の音やうめき声でそのありかを知らせる埋蔵された金銀、その地方の農場主たちを敵対させ、自分たちは互いに敵を求めて砂漠を縦横に駆けめぐり、濛々たる砂塵につつまれて激しく戦う反徒の群れ。彼らはいくつかの村や地方を占領すると、家畜を徴発したり、男たちをむりやり兵隊にとる。……十四、五歳以上のものなら誰でも覚えているはずだが、ある時、馬に乗った反徒の群れが嵐のようにピウラの町を襲ったことがある。その時、武器広場《プラザ・デ・アルマス》に野営テントを張った彼らの赤と青の軍服が町中を埋めつくした。さらにまた、決闘や姦通、大災害の話がでたり、大聖堂の聖母様が涙を流しながらキリストのほうに手をあげ、子供のイエスにこっそりほほえみかけるところを見たという女たちのことが取沙汰される。

(『緑の家』)

ホルヘ・ルイス・ボルヘスは「書物」と題された講演の中で面白いことを言っています。

文学の想像力

書物は人間の作り出したさまざまな道具類の中でもっとも驚くべきものである。ほかの道具はいずれも人間の体の一部が拡大延長されたものでしかない。たとえば、望遠鏡や顕微鏡、これらは人間の眼が拡大されたものだし、電話は声が、鋤や剣は腕が延長されたものである。それに比べると、書物は記憶と想像力が拡大延長されたものであるという点で、ほかのものとまったく性格を異にしている。

この言葉をもとにして考えると、文学というのはとりわけ想像力が拡大延長されたものだと言えるでしょう。たとえばここにひとりの若者がいます。朝、目が覚めると、ゴキブリだか毒虫だか、なにやら気味の悪い昆虫に変わっています。大変なことになった、これでは勤めにも行けないし、両親や妹にも迷惑をかける、かといってどうすれば元の姿に戻れるか分からないというので、思い悩みます。読者は、人が虫に変わるなんてありえないと思いつつも、読み進むうちに救いがたい状況に追い込まれた主人公の苦悩を自分のことのように感じます。これは言うまでもなくカフカの『変身』のストーリーなのですが、フロベールの『ボヴァリー夫人』ではまたちがった物語が展開されます。パリの華やかな社交界に憧れている美貌の女性ボヴァリーが、フランスの片田舎で医師をしている退屈きわまりないシャルルという人物と結婚しますが、ロマンティックな夢にとりつかれた彼女はその夢を追いかけて転落の道を歩み、ついには破滅してしまいます。ぼく達が時間的にも空間的にも遠くかけ離れた世界に生きる架空の人物の生き様とその悲劇に心を痛めるのは、その文章や語り口によって想像力が刺激されるからにほかなりません。

ポーやボルヘス、コルタサルのように幻想的な世界を創造することによって読者の想像力をかきたてる作家もいれば、バルザックやディケンズ、メキシコのファン・ルルフォのように現実を見据えて、そこから文学的想像力を作動させる作家もいます。ただ、いくら幻想的な作品といっても、無から物語をつむぎ出すことはできないわけですから、何らかの形で現実に基づいていますし、一方、現実を見据えて作品を書こうとしている作家たちにしても、ひたすら現実を写し取っているのではなく、小説家として想像力を働かせて創作を行っていることは改めて指摘するまでもないでしょう。この章で取り上げるペルーの作家バルガス＝リョサは後者に属しています。「外的な支えが何もなくて文体の内面的な力だけで一人立ちしている作品」を書きたいと願ったフロベールを師表と仰ぎながら、その一方で騎士道小説をはじめとする物語の世界にも魅せられているバルガス＝リョサは、リアリスティックであり、かつ物語性の強い小説を数多く書いていますが、ひとまず彼の伝記をたどりながら作品を見てゆくことにしましょう。

レオンシオ・プラード学院にて

マリオ・バルガス＝リョサは一九三六年、ペルー南部の町アレキーパに生まれました。最初、母親は結婚してリマに住んでいたのですが、夫との折り合いが悪くなり、祖父の住むアレキーパに戻ってマリオを生んだのです。彼はその町で育てられるのですが、幼い頃から本が好きだったものですから、物語の世界にとっぷりひたって成長しました。彼が一〇歳の時に両親が和解したので、リマに戻って父親と一緒に暮らすようになるのですが、それまで父は死んだと聞かされていたので、生きていると知ってびっくりしたそうです。ただ、父親とは性格的に合わなかったので、ことあるごとに対立したと後に語っています。

本好きだったバルガス＝リョサは早くから創作の真似事をはじめています。祖父や叔父たちがはげましてくれたこともあって、リマに引っ越してからも父に隠れて小説を読んだり、ものを書いたりしていました。父親はつねづね、息子は祖父母に甘やかされたせいで女々しいところがあると苦々しく思っていたのですが、その息子が文学にかぶれて、小説家になりたいと考えていると知って仰天します。バルガス＝リョサ自身も言っていますが、識字率が低く、本を読む人、まして小説を買って読む人など数えるほどしかいないペルーのような国で、小説家になりたいと考えるのはとんでもない話で、その意味では父親がびっくりしたのも無理はありません。というのも、小説や詩を書いて生計を立てることはまず不可能で、医師や弁護士、あるいは経済的に裕福な人が余暇を利用して、片手間に小説や詩を書いているというのが実情だったのです。

父親は、文学にかぶれている柔弱な息子を鍛えなおそうとして、軍人の養成を目的としている規律の厳しい《レオンシオ・プラード学院》に入学させます。バルガス＝リョサ自身も何か得るところがあるだろうと多少期待して入学するのですが、たちまちひどい失望感を味わうことになります。この学校はたしかに表向き規律正しい学校のように見えたのですが、大半の教師は教育に対する意欲をなくしていて何かといえば体罰を加え、生徒は生徒で上級生は下級生を捕まえて集団的ないじめをする、こっそり学校から抜け出す、陰でタバコは吸う、酒は飲む、わずかなお金を賭けてバクチをするといったように好き放題なことをしていました。社会集団というのは自己のアイデンティティを確かめ、自らの正当性を主張するためにスケープ・ゴートを必要とするのですが、その事情はこの学校でも変わらず、弱いもの、力のないものは情け容赦なくいじめの対象にされました。バルガス＝リョサはそうした雰囲気に耐え切れなくなり中途退学するのですが、その時にいつか学校での体験をもとに小説を書こうと決心します。そして、それが『都会と犬ども』という作品になって結実します。

一九六三年に『都会と犬ども』が出版された時、フランスの批評家ロジェ・カイヨワが「この二〇年間におけるスペイン語文学の傑作のひとつ」と絶賛したことはよく知られていますし、この作品でバルガス＝リョサはラテンアメリカ文学の若い旗手と見なされるようになりました。物語は、軍人の養成を目指す学校で試験問題の盗難事件が起こるところからはじまるのですが、それがもとで騒ぎが大きくなり、ある生徒の密告で犯人が突き止められます。盗みを働いた生徒は結局放校処分になって去ってゆくのですが、ことはそれだけで収まらず、密告したのはあいつだと目をつけられた生徒(リカルド・アラーナというおとなしい少年で、人の言いなりになるので、みんなから《奴隷》とあだなされていじめられていました)が、誰かに殺されるという悲劇的な事件にまで発展します。この物語を縦糸にして、上で触れたような《レオンシオ・プラード学院》の実態が暴かれてゆくのです。その一方で、社会から隔離された世界に生きている少年たちの姿や《奴隷》の死を偶発的な事件として片付けようとする学校関係者や教師の姿が、内的独白、フラッシュ・バック、話者不明の語りといった斬新な手法を用いて描き出されていて、作品全体が息詰まるような緊迫感に満ちています。きわめて批判的なこの作品を書いたために、以後彼はペルーの《怒れる若者》と呼ばれるようになります。この小説はスペインで出版されたのですが、ペルー国内での反響も大きくて、作品の舞台になった《レオンシオ・プラード学院》では怒り狂った学校関係者が、校庭にこの小説を一五〇〇部ばかり積み上げて燃やしたというエピソードが伝わっています。

小説家としてのスタート

高校を中退した後、以前に住んだことのあるピウラという町へ行き、そこの学校で単位を取って卒業し、その後リマのサン・マルコス大学に進むのですが、バルガス=リョサは高校時代から親の援助を受けておらず、ずっとアルバイトを続けていました。多いときには七つのアルバイトを同時に掛け持ちしていて、その中には深夜の墓地管理の仕事まであったそうですが、そこでは本がよく読めたと後年語っています。読書の方はたゆまず続け、中でも一五世紀末に書かれたスペイン騎士道物語の傑作のひとつジュアン・マルトゥレイの『ティラン・ロ・ブラン』に出会えたのは大きな喜びだったそうです。若い頃の読書が小説家バルガス=リョサを育てたのですね。

一九五八年、大学を卒業すると、文学部助手として大学に残り、ラテンアメリカ文学の研究をします。その後マドリッド大学に留学することになるのですが、直前にアマゾン川の源流地帯に住むインディオの調査を行うので参加しないかと声をかけられて、同行することにします。はじめてペルー・アマゾンを訪れたその時の調査旅行を通して、自国には現代だけでなく、いまだに中世の名残りをとどめている田舎町、さらにアマゾンの源流地帯には石器時代そのままの生活を営んでいる人たちがいることを発見して衝撃を受けます。そして、この時の体験をもとにして書かれたのが代表作として知られる『緑の家』(一九六六)です。

しかし、『緑の家』を書き上げるまでには、まだ紆余曲折がありました。アマゾンの調査旅行を終えると、すぐにマドリッドに留学するのですが、当初計画していた論文の執筆が進まず、留学を延長してパリで研究を続けたいと思って、本国にその旨を打診すると、延長はまちがいなく認められるだろうという感触が得られたので、ほっとして帰りの旅費を使い果たしてしまいます。ところが、しばらくして大使館に届いた名簿を見ると、自分の名前がなかったのです。絶望感にひたって自殺まで考えますが、その頃に書店で先述の『ボヴァリー夫人』を見つけます。小説を読むうちに、パリに憧れて破滅したボヴァリーとヨーロッパに憧れて留学した自分の姿とが重なり合い、精神的に救われたような気持ちになるのですが、当時を振り返って彼は「(あの小説を読んだ)ホテルの一室で私の小説家としての真の歴史がはじまった」と語っています。

このパリ滞在中の一九五九年に短篇集『ボスたち』を書き上げて出版し、ついで一九六三年に『都会と犬ども』を発表して、スペインの有名な文学賞《ビブリオテーカ・ブレーベ賞》を受賞します。そして、前々から書きたいと思っていたテーマをもとに一九六六年に完成したのが『緑の家』です。

『緑の家』、錯綜する五つの物語

バルガス＝リョサは以前からピウラを舞台にした小説を書こうとしていたのですが、一方でアマゾン源流地帯の調査隊に加わった時に集めた資料をもとに別の作品を書きたいとも思っていました。そこで彼は並行して二つの作品を書いてみようと思い立ち、一日交代で二つの土地を舞台にして執筆をはじめるのですが、そのうち二つの世界と人物たちが交錯しはじめて収拾のつかない混乱におちいります。それならいっそのこと記憶の中で結びついている二つの世界をひとつにして書いてみたらどうだろうと考えて、生まれてきたのがこの小説です。したがって、実に入り組んだ構成になっているので、少し整理しておく必要があるでしょう。作品の舞台は、アマゾン源流地域にある町サンタ・マリーア・デ・ニエバ、およびその周辺、ブラジルとの国境に近い町イキートス、それにアンデス山脈を挟んで反対側にある砂漠の町ピウラです。そこで五つのストーリーが相互に関連し、絡み合いながら展開してゆくという設定になっていますが、以下にその五つのストーリーを大まかに説明しておきましょう。

一、作品の冒頭に治安警備隊の隊員たちと修道院のシスターが、ボートを走らせてインディオの住む集落に向かっているシーンが出てきます。彼らは原始的な生活を営んでいるインディオの少女を連れ去り、サンタ・マリーア・デ・ニエバの町にある修道院に住まわせて、キリスト教教育を授けているのです。ただ、そうして教育された少女たちも成長して修道院を出てゆく時がくると、後は裕福な家庭のお手伝いになるか、場合によっては売春婦に身を落とすしかありません。拉致された少女の一人ボニファシアは、仲間の少女たちをそうした境遇から救い出そうとして修道院から逃しますが、それが発覚して僧院を追われ、謎の多い女性ラリータのもとに引き取られます。やがてボニファシアは治安警備隊の軍曹リトゥーマと知り合い、結ばれます。その後、リトゥーマは彼女を生まれ故郷のピウラの町にあるマンガチェリーア地区に連れ帰るのですが、事件を起こしたために牢に入れられ、その間にボニファシアは売春宿《緑の家》で働くようになります。

二、放浪の歌手アンセルモはピウラの町に流れ着き、しばらく暮らしたあと町外れに売春宿《緑の家》を建てます。一方、孤児のアントニア（トニータ）は裕福な夫妻に引き取られるのですが、ある日夫妻が盗賊に殺され、彼女自身も重傷を負って、目も見えなければ口もきけなくなってひとり残されます。ひょんなことからその少女を《緑の家》に連れ帰ったアンセルモはやがて彼女を愛するようになり、二人の間に子供ができるのですが、アントニアは出産直後に亡くなります。そのことが知れて、かねてから《緑の家》を道徳的頽廃の元凶とみなしていたガルシア神父が、町の人たちを煽り立てて《緑の家》を焼き討ちにするのです。アンセルモはその後楽士として生計を立てますが、のちにアントニアとの間に生まれた子供ラ・チュンガが成長して、《緑の家》を再建し、そこで楽士として働くようになります。そして、再建後の《緑の家》でボニファシアが働くことになるのです。

三、インディオの部族長フムは、仲買人が搾取するのを嫌がって、直接買手と交渉してゴムを売ろうとして官憲につかまり、拷問されます。一方、日本人のフシーアはブラジルで事件を起こして投獄されるのですが、脱獄してアマゾンの奥地に身を潜め、そこでインディオを使って密輸や盗賊行為を行っています。フムはやがてそのフシーアのもとに身を寄せることになります。フシーアはやがて重い感染症にかかり、友人アキリーノのボートで奥地にある療養所に向かうのですが、小説の中ではこの二人の会話を通してそれまでの出来事が語られてゆきます。

四、イキートスの町に住む政治家のフリオ・レアテギは地方ボスとして絶大な権力を振るっているのですが、一方でゴムの採取を行っているインディオを搾取し、密輸にも手を出して大きな利益を得ていました。フムが傷めつけられた背後にはレアテギがいて、彼はまたひそかにフシーアをつけ狙い、いつかつかまえてやろうと目を光らせています。

五、ピウラの町のマンガチェリーア地区に住む向こう見ずな若者たちとそのリーダーの一人リトゥーマの物語。リトゥーマは一時治安警備隊の軍曹としてアマゾンにあるサンタ・マリーア・デ・ニエバに赴任し、そこでボニファシアと知り合います。その後マンガチェリーアにもどった彼は事件を起こし、牢に入れられますが、その間にボニファシアは《緑の家》で働くようになります。

数多くの人物が登場し、しかも四〇年に及ぶ年月の間に起こった出来事を語ったこの小説は、上に述べたような五つのストーリーが組み合わされて展開してゆくのですが、その際作者はそれぞれの物語を小さな断章に分割し、時系列を無視して並べ、さらに人物の内的独白まで織り込んでいるものですから、読みはじめた読者はおそらく戸惑いを覚えることでしょう。しかし、読み進むうちに個々の断章がジグソー・パズルのピースのように徐々に組み上がって行き、少しずつ全体像が浮かび上がってきます。そして、読者はそこから広大なペルー・アマゾン、ピウラ、イキートスを舞台に繰り広げられるさまざまな人間模様と彼らを取り巻く現実が浮かび上がってくるのを目のあたりにすることになり、同時に物語小説としての面白さも満喫されることでしょう。この作品はラテンアメリカ小説を代表する一作と言っても決して過言ではありません。

この作品で小説家としての地歩を固めたバルガス＝リョサは以後、オドリーア独裁下の腐敗した社会を描いた『ラ・カテドラルでの対話』(一九六九)、社会通念への痛烈な批判を込めた『フリア叔母さんとへぼ作家』(一九七七)、『誰がパロミーノ・モレーロを殺したのか』(一九八六)、アマゾン奥地とリマを舞台にした『密林の語り部』(一九八七)、迷信と暴力、狂気が渦巻くアンデスの世界を描いた『アンデスのリトゥーマ』(一九九三)、『チボの狂宴』(二〇〇〇)、『楽園への道』(二〇〇三)などの小説を次々に発表していますが、中でも一九八一年に発表した『世界終末戦争』は『緑の家』とともに彼の代表作に数えられています。

『世界終末戦争』

大旱魃に見舞われたブラジルの奥地に、《説教師アントニオ》と呼ばれる背が高くて眼光の鋭いひとりの男が現れて、信者を集めていきます。ついにはバイーア州のカヌードスという土地に《神の国》を建設するまでになるのですが、その勢力を恐れた政府軍の激しい攻撃を受けついに彼らの建設した大寺院が崩れ落ち、説教師アントニオも息を引き取り、戦いは終結してカヌードスの地に無数の死体が横たわっている描写でこの小説は終わっています。この小説の中には、不幸な生い立ちの中で篤い信仰心を抱くようになるエル・ベアティート、かつて主人の妹を殺害して逃亡した奴隷で、信仰に目覚めて救われる大ジョアン、大地主であるカーニャブラーヴァ男爵のもとで働き、カヌードスの管理人をしていたのが、説教師アントニオに出会って考えを変えて彼に付き従うようになったヴィラノーヴァ、復讐心に駆られて大勢の人を殺したために魔王の異名をとるものの、説教師アントニオに出会って改心するジョアンなど、数多くの人物たちにまつわるエピソードが無数の支流のように織り込まれていて、それらが集まってまるで大河のように物語が進行して行きます。

騎士道物語の継承者

バルガス＝リョサが少年時代にトルストイの『戦争と平和』を読んで深い感銘を受けたことはよく知られています。そこからこの小説と『戦争と平和』を関連づける批評家もいます。しかし、『緑の家』や『世界終末戦争』を読むと、作品の構成が主人公を中心にすえて、そのまわりを取り巻く個性的で魅力的な多くの人物たちのエピソードを織り込みながら物語が進行してゆくという形をとっています。これはむしろ、バルガス＝リョサが愛読してやまなかったジュアン・マルトゥレイの『ティラン・ロ・ブラン』や一六世紀はじめに書かれたスペイン騎士道小説の代表作ガルシ・ロドリーゲス・モンタルボの『アマディス・デ・ガウラ』のそれ、つまり枝葉となる無数のエピソードが支流のように徐々にひとつに集まって、物語全体がとうとう大河のように流れて行くという構成とみるべきでしょう。その意味からすると、バルガス＝リョサは若い頃に読みふけった騎士道物語の形式を現代によみがえらせた作家と言えるのです。

文学、とりわけ小説に強い関心を寄せているバルガス＝リョサは小説論やエッセイをも数多く書いています。中でもガルシア＝マルケスを論じた浩瀚な論文『ガルシア＝マルケス　ある神殺しの歴史』(一九七一)は、ガルシア＝マルケスの作品研究では見落とすことのできない重要な作品です。そのほか、フロベールを論じた『果てしなき饗宴』(一九七五)、欧米の作家を取り上げた『嘘からでたまこと』(一九九〇)、小説とは何か、創作とはどういうものかを実作者の立場から分かりやすく丁寧に説いた『若い小説家に宛てた手紙』(一九九七)なども忘れることができません。

こうした文業が評価されて、彼は二〇一〇年にノーベル文学賞に輝いています。

8

ホセ・ドノソ『夜のみだらな鳥』
——妄想の闇

口がきけないだけでなく、耳も聞こえないのだろうか？　それに、物の形や白い光の反射をほとんど見分けられないのだから目も見えないのだろうか？　あそこにあるのはたぶん椅子、戸棚、洗面台、人物、カーテンだろうが、現れたり消えたりする上に、しょっちゅう場所を変える。ぼやけたかと思うと消滅し、わけもなく動き回り、動いている中でかき消すように見えなくなる。足音も聞こえない。何の音も聞こえない。すべてが綿とガーゼでできている。柔らかい綿には輪郭がない。綿だから、その気になればほぐすこともできる。私はその綿の塊、医者か看護婦のように思える綿の塊、壁にかかっていて、弱い光のように見えるその綿の塊に指を突き立てることも、あるいは両腕で抱きしめることもできる。私もまた綿なのだ。手で体を撫でまわす。綿なので、その形も硬さも感じることができない。私の指は綿でできている。そのせいでものを確かめたり、感じたり、確認したりすることができない。ただ、柔らかくて白いままであり続けるしかない。時々、私の上にかがみこむ不安そうな顔が感じられる。その顔のようなものが口をあけて何か言うが、聞き取れない。白くて柔らかい物体がベッドに近づいてくる影のような人物をふたたび飲み込む。私はベッドの中にいるが、綿でないのはベッドの足もとの四本の白いパイプだけだ。そこに私の名前を書いたグラフが下がっている。医師はそのグラフを手に取って目を通し、白い看護婦に向かってこう言う。私は枕の綿の中に顔をうずめる。

「このまま眠るだろう」

「そのほうがいいですわ」

「何も感じなくて済むだろうからな」

何を感じなくて済むというのだろう？　ほかの看護婦たちが近づいてくるが、ガーゼのマスクに隠れていてその仮面のような顔が見えない。今では彼女たちの仮面を見ることさえできないのだ。ひそひそしゃべりながら私のシーツのしわを伸ばし、遠く、白い天井の近くにある血液の入った容器を動かし、グラフに目を通して、私の口の中に体温計を差し込む。その間もひそひそささやきあい、微笑んでいる。彼女たちはつねに微笑んでいる。微笑む理由のない時でも微笑んでいるが、あれはやりすぎだ。看護婦のひとりが、いい子にしていたわねとでも言うように私の手を軽く叩く。

「ぐっすり眠るのよ」

（『夜のみだらな鳥』）

息をのむほど美しい人やすばらしい身体能力を備えたスポーツ選手を見ると、誰しも羨ましいと思います。しかし、老いはそうした人たちにも情け容赦なく襲いかかり、すべてを奪い去ってしまいます。失うものが多い人ほど音もなく忍び寄ってくる老いを恐ろしいと感じ、それがやがて強迫観念に変わってゆくことでしょう。しかし、そうした悩みをもたない人も、不安や自信のなさから生じるさまざまな強迫観念にとりつかれることは言うまでもありません。それから逃れるには、どこかでエイッと、吹っ切るよりしかたないのでしょうね。

強迫観念から生まれる世界

そこまで行かなくても、悪夢に悩まされるということは誰にでもよくあることです。ポーやカフカの短篇を読んでいると、作り話というよりは、彼らが創造した悪夢の世界に引き込まれてゆくような気持ちに襲われます。モーパッサン、あるいは芥川龍之介の晩年の作品にもそういう気配が濃厚に漂っています。

ラテンアメリカの場合、ウルグアイのフアン・カルロス・オネッティやフリオ・コルタサルの作品がそうです。とりわけコルタサルは、悪夢を見ると、どうしても振り払えなくなり、何日ものあいだ何も手につかなくなるそうです。それを払いのけるには、短篇という形にして表現するしかない、とコルタサルはあるところで書いています。ですから、短篇を書くというのは彼にとって一種の《悪魔祓いの儀式》なのです。彼が書く短篇が持つ衝迫力というのは、たんに物語としてよくできているというレベルだけの問題ではなく、文字通り彼が自らの悪夢を生き、言葉を通してそれを読者に伝えようとしているからにほかなりません。

一方、強迫観念から生まれる狂気や妄想となると、これはなかなか短篇では描き切れないでしょうし、どうしても小説を通してひとつの世界を創造せざるを得なくなります。この章で取り上げるチリの作家ホセ・ドノソの場合がそうで、彼は強迫観念、妄想にとりつかれて、それを作品の中で描き出した作家なのです。そこでひとまず彼の伝記をたどってみることにしましょう。

放浪の旅に出る

ホセ・ドノソは一九二五年、チリの首都サンティアーゴ・デ・チレに生まれました。父親は医者だったのですが、本業よりも競馬やカード遊びが好きで、その一方で大変な読書家でもあったそうです。母親は当時のチリで最大の新聞のひとつ《ラ・ナシオン》紙の社主の一族だったそうですから、典型的なブルジョワ家庭で育ったわけです。

七歳の時、ロシアからオペラの一座がやってくるのですが、ドノソはそこで見た、本質を覆い隠し、別人格を作り出す仮面と変装に強く印象付けられます。当時のドノソはまだ気づいていなかったのですが、仮面と変装は後の彼の作品で重要な意味を持つことになります。

同じ年に彼は、熱心な英語教育で知られる名門校ザ・グレインジ学院に入学します。少年時代のドノソは内向的な性格で、勉強にもスポーツにも興味が持てず、強いコンプレックスと自己嫌悪に悩まされていたせいで学校生活にどうしてもなじめませんでした。一五歳頃から学校をサボってはスラム街をほっつき歩いたり、禁止されている本を読んだりしていました。父親がそんな息子を見かねて、規律の厳しい全寮制の学校に転校させるのですが、そこでもうまくいかず中途退学します。

学校をやめた後いろいろな仕事をするのですが、どれも長続きせず、いっそのことニューヨークへ行って人生をやり直すか、あるいはゴーギャンのようにタヒチ島に渡って画家になろうかといったように、とんでもない夢想にひたります。まさに袋小路に入り込んだような状態にあったのです。このままではどうにもならない、とにかくまわりの環境を変えるしかないと考えて、チリの最南端にあるパタゴニア地方へ行き、そこで一年以上羊飼いの仕事をします。ある日、ふとアルゼンチンの首都ブエノスアイレスに行ってみようと思いつき、徒歩、ヒッチハイク、バスとさまざまな手段を用いてアンデス山脈を越え、長い旅の末にアルゼンチンの首都にたどり着きます。そこで港湾労働者たちと一緒に働くのですが、病気にかかって寝込んでしまいます。そのことを知った両親が彼をチリに連れ戻すのですが、その時の体験で何かが吹っ切れたのか、高校に復学し、無事単位を取得してチリ大学に進学します。当時を振り返って彼は、「自分の記憶にある限り、はじめて何もかもうまくいくようになった」と語っていますから、その時点でドノソは心の中で渦巻いていたさまざまな葛藤を振り切ることができたのでしょう。

ブエノスアイレス時代

ドノソが創作をはじめるのは帰国してからのことです。最初は人からすすめられて短篇を書きはじめ、何篇か書き上げたので、一冊にしようと考えるのですが、引き受けてくれる出版社が見つからずに苦労します。しかたなく友人、知人に頼んで購買予約をしてもらい、それを頭金にして一九五五年にようやく出版にこぎつけます。『避暑　その他の短篇』と題されたこの作品で彼は《市民短篇文学賞》を受賞しました。ついで、一九五七年には崩壊してゆくブルジョワ家庭を描いた最初の長篇小説『戴冠式』を書き上げます。これも出版社が見つからずに苦労し、やっとのことで初版三〇〇〇部のうち七〇〇部を印税代わりに引き取るという形で出版にこぎつけました。

本は出版したものの、文壇の閉鎖的な雰囲気に息苦しさを覚え、空気を変えようと思い立って、ドノソはブエノスアイレスに移り住むことにします。向こうでエルネスト・サバト、マヌエル・ムヒカ＝ライネス、ホセ・ビアンコ、あるいはパラグアイから亡命していたアウグスト・ロア＝バストスといった作家たちと知り合い、アルゼンチンを中心に同時代のラテンアメリカの作家たちやボルヘスの作品を熱心に読みふけります。のちに彼は、ブエノスアイレス時代に自分の文学的ビジョンが決定的に変わったと語っているところを見ると、よほど大きな影響を受けたのでしょう。

その後結婚することになるマリーア・ピラールと知り合ったのもブエノスアイレス時代ですが、ピラールの証言によると当時のドノソは大変な貧乏暮らしで、食費を節約するために薬局でダイエット用のビスケットを買い込み、これなら栄養のほうも心配ないだろうといってぽりぽりかじっていたそうです。ブエノスアイレスで二年間暮らした後帰国し、『エルシーリャ』という雑誌の編集に携わるのですが、この時の経験が彼の作家としての視野を大きく広げることになります。

フェンテスとの出会い

ちょうどその頃に、メキシコのカルロス・フェンテスが長篇小説『空気の澄んだ土地』を出版します。ドノソは同世代の作家がこのような作品を書いたのかと、驚くと同時に衝撃を受けます。『空気の澄んだ土地』についてはすでに六章で紹介しておきましたので、そちらを見ていただくとして、それまで一九世紀の小説作法にのっとって創作を行ってきた彼にとって、大胆な実験的手法を駆使して社会の全体像を描き出そうと試みたフェンテスの作品は、青天の霹靂のようなものでした。小説の手法、文体、時間と空間の処理、人物造形、どれをとっても驚くほど斬新で、それと比較すると自分はあまりにも時代遅れの古い小説作法にとらわれていると感じたのです。

その後機会があってドノソはフェンテスに出会い、親交を結ぶようになります。一九六五年、メキシコのチチェン・イッァーでラテンアメリカの知識人会議が開催された時に、その会議に出席したドノソはそのままメキシコにとどまり、フェンテスの家に厄介になります。別棟の建物で暮らしながら執筆をはじめるのですが、構想していた『夜のみだらな鳥』を書き進めることができず、書き潰した原稿用紙が山のようにたまったそうです。その裏を使って書き上げたのが、ある地方に君臨する大地主とその地主に苦しめられる人々の姿を描いた中篇小説『境なき土地』で、この作品は一九六五年に出版されています。

悪夢と妄想の中から

ドノソは一九六六年、アイオワ大学に招かれて、そこの創作コースで教えることになります。その時にカート・ヴォネガット・ジュニアやソール・ベローといった同時代のアメリカの作家たちと知り合い刺激を受けます。一時中断していた『夜のみだらな鳥』に取りかかろうとするのですが、そのたびに持病の胃潰瘍が悪くなって思うように執筆が進みませんでした。アイオワ大学での講義を終えると、このままでは書き続けることができないと考えて、スペインのマジョルカ島へ移るのですが、そこでまた胃潰瘍が悪化したうえに神経症にもかかります。医師に勧められて四カ月間薬で半ば眠ったような毎日を送った後、ふたたび『夜のみだらな鳥』の執筆にかかりますが、相変わらず遅々として筆が進みませんでした。そんな中アメリカで九週間の講義を受け持ってもらえないだろうかという依頼を受け、彼はアメリカに飛んで講義を行います。そこで胃潰瘍がさらに悪化し、ついに一時は生死の境をさまようほどになります。医者が見かねて痛み止めのモルヒネを注射したところ、拒否反応を起こして二〇日間せん妄状態におちいり、その間にさまざまな妄想、悪夢、自殺衝動、パラノイアに見舞われるのですが、この時の異常な体験のおかげで長年模索をつづけてきた『夜のみだらな鳥』の形式と文体が決まります。ようやく見通しが立ったので、すぐに執筆にかかりついに作品を完成させますが、人間の内面に潜む狂気、妄想、オブセッションをあますところなく描き出したこの作品によって、ドノソは一躍脚光を浴びることになります。

『夜のみだらな鳥』

ここでラテンアメリカ文学、いや、世界文学の中にあってもきわめて特異な性格を備えた、狂気と妄想の渦巻く世界を描いた『夜のみだらな鳥』(一九七〇)のあらすじを紹介しておきましょう。

貧しい小学校教師の息子ウンベルト・ペニャローサは、父親の期待にこたえていずれはひとかどの人物になりたいと考えていました。幼い頃、名門の出のドン・ヘロニモ・アスコイティアと出会った彼は、容姿はもちろん、家柄、富、権力、すべてを備えたドン・ヘロニモにあこがれて、彼のようになりたいと考えます。やがて大学に進んだウンベルトは法律を学ぶかたわら、文学にも親しみます。その後、ドン・ヘロニモに再会した彼は、自分の書いた本を出版したいのだが、援助してもらえないだろうかと頼み、快諾してもらいます。

ドン・ヘロニモはその後同じく名門の出の女性ドーニャ・イネスと結婚しますが、なかなか子供に恵まれませんでした。その頃、政局がひどく混乱していたこともあって、ドン・ヘロニモは上院議員に立候補します。当時秘書をしていたウンベルトをともなって彼はある鉱山町へ遊説に出かけますが、そこで敵愾心を抱いた群衆に囲まれます。その時どこからともなく銃弾が飛んできてウンベルトに当たり、あたりは騒然となりました。ドン・ヘロニモはその混乱に乗じて気を失っているウンベルトの服を剝ぎ取って自分の身につけ、彼の血を体になすりつけてさも負傷したように見せかけます。それが効を奏して選挙民の同情を買った彼は無事当選します。

やがてドーニャ・イネスとドン・ヘロニモのあいだに子供が生まれますが、不幸にしてその子供は体に障害がありました。衝撃を受けたドン・ヘロニモは子供を殺そうとするのですが、どうにか思いとどまり、秘書のウンベルトに《ボーイ》と呼ばれているその子の養育を任せます。ウンベルトはリンコナーダの屋敷を改装し、《ボーイ》が自らの姿を気にとめないようさまざまな異形の人たちを集めて一緒に住まわせます。

ドン・ヘロニモから伝記を書くように頼まれていたウンベルトは、その仕事にかかろうとするのですが、持病の胃潰瘍が悪化して喀血し、アスーラ医師に手術してもらうことになります。その医師は麻酔で眠っている間に、彼の体を切り刻み、屋敷の住人たちの血液を輸血し、その体の一部を移植し、さらにドン・ヘロニモの役に立たなくなったペニスをウンベルトのそれと取り替えてしまいます。目や口だけでなく、ペニスまで奪い取られたウンベルトはリンコナーダの屋敷から逃げ出し、アスコイティア家の所有で、召使たちがそこで老後を送るようにと作られたエンカルナシオン修道院にムディートと名を変えてもぐりこみます。そこで老婆や孤児たちと一緒に暮らすのですが、アスコイティア家の援助を断たれて生活に困った老女たちは、孤児の少女に売春をさせたり、自ら強盗や盗みをするようになります。ウンベルトはドン・ヘロニモに復讐する機会をうかがいますが、やがてドン・ヘロニモ自身が狂気におかされて自殺し、ウンベルトもやがて赤ん坊に戻り、むつきに包まれて死んで行きます。

時間関係が前後し、人称もたえまなく入れ替わってゆく断片的な章を通して導き出せるのはおよそ以上のようなストーリーなのですが、全篇がさまざまな妄想、狂気、オブセッションにとりつかれたウンベルトの語りで進行してゆくせいで、すべては彼の妄想の世界だと考えることもできます。筒井康隆氏は朝日新聞(二〇一〇年六月二七日)の中で、全体のストーリーを紹介したあと、「ここはまさに善悪や美醜や聖俗を越えた文学的カーニバルの異空間だ」と書いておられますが、まさにぴったりの言葉ですね。ともあれ、この狂気と妄想の世界に一歩踏み込んだ読者は、戦慄を覚えつつも魔術にかけられたように読み進み、読後に一種表現しがたいカタルシスを覚えることでしょう。

『夜のみだらな鳥』を書いたあとドノソはしばらく虚脱感に襲われますが、確かにあの作品を読むとその気持ちはよく分かります。その後一九七二年に自身の体験に基づいて《ブーム》について語ったエッセイ『ラテンアメリカ文学のブーム』を、次いで翌年にはスペインを舞台に痛烈な皮肉とブラック・ユーモアをこめて人間の狂気を描いた中篇小説集『三つのブルジョワ物語』を発表しています。また、一九七五年に祖国チリで軍事革命が起こり、大きな衝撃と憤りを覚えた彼は、チリを舞台にあの革命の実態をアレゴリカルに描いた大作『別荘』(一九七八)を書き上げます。人間集団の狂気を描いたこの作品のあらすじをたどってみましょう。

チリ革命を描く『別荘』

夏を迎え、大富豪のベントゥーラ一族は例年のように別荘へ行くのですが、ある日子供たちだけを残してどこかへ出かけていきます。大人のいない間に、彼らは狂人だという理由で檻に閉じ込められていたアドリアーノ・ゴマラという人物を解放します。彼は多少過激なところはあるもののごく普通の人でした。彼は子供たちに大人は間違った考え方をしているので、別荘を占拠して、正してやろうと言い出します。

やがて戻ってきた一族のものたちは様子がおかしいことに気づいて、どうしたものかと相談していると、執事が私どもで事情を調べますので、あなた方はひとまず首都にお戻りくださいと言って、召使を引き連れて別荘に乗り込むと、反逆を企てたアドリアーノと彼に従っていた一部の子供たちを殺してしまいます。やがてベントゥーラ一族のものが外国人を連れて別荘に戻ってくるのですが、彼らは別荘を売りつけることに汲々としていて、子供たちのことなど念頭にありませんでした。そこに一族の嫌われ者のマルビーナが現れて、外国人に巧みに取り入り、執事と召使を味方につけて陰謀をたくらみ、ベントゥーラ一族をこの世から消し去ってしまいます。

チリ革命をアレゴリカルに描いたこの小説は、さまざまな読み取りが可能な作品になっています。それぞれの登場人物をブルジョアジー、軍人、アジェンデ人統領、新興成金、外国企業といったように読み替えることができます。しかし、そうした具体的な対比を超えて、この作品は軍事独裁をアレゴリカルに描いた作品として読む人に衝撃を与え、圧倒することでしょう。この作品をガルシア＝マルケスの『族長の秋』と読み比べてみても、きっと面白いでしょう。

パラノイアックな悪夢

その後も、ドノソは創作を続け、一九八一年にはチリ革命でスペインに亡命した一家を中心に、ラテンアメリカの亡命者たちの苦しみに満ちた生活を語った『隣りの庭』を、ついで一九八二年にはチリのブルジョア社会の見せるさまざまな側面を描いた中篇小説集『デルフィーナのための四重奏』を、また一九八六年にはヨーロッパで活躍している歌手が久しぶりでチリに帰国し、祖国の圧制に憤りを覚えるというストーリーの小説『絶望』を発表しています。

ドノソの作品は次のページで何が起こるかまったく予測のつかない展開を見せ、それが彼の作品の大きな魅力になっています。何らかの狂気、オブセッションにとりつかれた人物たちが次にどういう行動をとるのかまったく予測できないものですから、読者はたえず緊張感に満ちた不安と期待を抱くことになります。次に何が起こるかわからないドノソの緊迫感をたたえた小説を読み終えた読者は、おそらくパラノイアックな夢を見ていたような思いにとらえられることでしょう。彼は一九九六年、一時帰国して友人の家に滞在中に亡くなっています。

9

マヌエル・プイグ『蜘蛛女のキス』
——映画への夢

……ぼくは島の海岸を見失わないよう水面から顔を出して泳ぎ続け、砂浜にたどり着いた時は疲れ切っていた、陽射しが強くないので、砂はそれほど熱くない、日が暮れる前にジャングルの中で何か果物を見つけなければならない、ヤシとツル科植物が絡み合って本当にきれいだ、夜になると、あたり一面銀色になる、というのも映画は白黒なんだ、《で、バックグラウンド・ミュージックは？》とても静かなマラカスと太鼓だ、《危険を知らせる合図じゃないの？》いや、違う、強烈なスポットライトの光を浴びて、輝くような長いドレスを着た目を疑うような奇妙な女性が登場する前触れの音楽なんだ、《銀ラメで、豆のさやみたいに体にぴったり合ったドレスね？》そうだ、《で、顔は？》これも銀色の仮面をつけている、だけど……かわいそうに……体を動かすことができないんだ、植物がうっそうと生い茂っている中で、蜘蛛の巣に絡めとられている、いや、そうじゃない、蜘蛛の巣は彼女の体、腰とお尻から出ている糸でできている、つまり体の一部になっているんだ、蜘蛛の糸はロープみたいに毛羽立っていて気味が悪い、撫でればきっとふわふわしているんだろうけど、とても触る気になれない、《口はきかないの?》きかない、泣いている、いや、違う、微笑んでいるんだけど、仮面をつたって涙が一粒こぼれ落ちる、《ダイヤモンドみたいに輝いているのね》うん、そうだ、で、ぼくがなぜ泣いているのと訊くと、映画のラストシーンで画面いっぱいにクローズアップされた彼女が、私にも分からないの、ラストは謎めいているのよと答えるんだ、ぼくはそれでいい、そこがこの映画のいちばんいいところだ、というのも、それが意味しているのは……そこまで言ったところで彼女はぼくを遮って、なんでも説明したがる癖があるのね、あなたとしては認めたくないでしょうけど、お腹が空いているせいでおしゃべりが止まらないんでしょう、と言ったんだ、そして彼女はとめどなく涙をこぼした、《数えきれないほどのダイヤモンドね》どうすれば彼女の悲しみを消してやれるか分からなかった、《あなたが何をしたか知っているわ、でも、私は焼きもちを焼いたりしない、だって彼女とはこの世で二度と会えないんだもの》彼女はとても悲しそうにしていた、分かるだろう?《だけど、彼女を好きになったんでしょう、それが許せないの》でも、この世では二度と会えないんだよ、《あなたがお腹を空かせていたって、本当?》ああ、本当だよ、で、蜘蛛女がジャングルの中の一本の道を指さしてくれたんだ……

(『蜘蛛女のキス』)

私たちは夢という言葉をよく使いますが、いろいろな意味で使い分けています。「昨夜これこれの夢を見たんだ」という時と、「子供の頃の夢は何だった？」というのでは意味がちがいます。彼はぼんやりと夢想にふけっていたという場合も、夢という言葉が用いられていますが、とりとめのない空想にひたることを意味しています。

その一方で、夢はまた人類最古の時代から畏敬の念を持って見られてきました。たとえば、バビロニアの古代神話『ギルガメッシュ』やエジプトの神話、『旧約聖書』、ユダヤ教の聖典『タルムード』において夢は未来を予知、予言するきわめて重要なものだという記述が出てきます。ホメロスの『オデュッセイア』には、夢の通る門には象牙の門と角のそれがあって、象牙の門を潜って出る夢は実現しない言葉を伝えて人を欺くが、「磨かれた角の門を潜って出る夢は、それを見た人に見たとおり実現してくれます」(松平千秋訳)と記されています。

古代の人々にとって、夢は共同体の運命や未来を予言する貴重なよすがでした。西郷信綱によると、日本でも崇神天皇即位のときには、王位を継ぐものを決めるのに夢見を基準にした例があるそうですから、洋の東西を問わず夢のお告げというのは大切にされてきたようです。未開社会でも、呪術師が幻覚剤を用いてトランス状態におちいってお告げをする例がありますが、あれも夢見の一種なのでしょう。

夢のお告げ

ところが共同体的な意識が希薄になるか、消滅すると、お告げとしての夢は社会全体に対する予知、予言としての機能を失い、個人的なものになり、時には精神分析の対象になることもあります。そのあたりは叙事詩と抒情詩の関係に似たところがあるかもしれません。叙事詩が盛んに書かれ、歌われた時代というのはつねにまわりに外敵がいたものですから、人々は否応なく共同体意識を持たざるを得なかったのです。しかし、時代が下り、人々の中に個人としての意識が目覚めて強くなるとともに、抒情詩が誕生してきます。そのあたりの経緯は夢の変遷と似たところがあります。

物語の乗り物

叙事詩というのは、国家の成立の起源やそのきっかけとなった戦闘、あるいは聖杯、金羊毛といったこの上もなく貴重なものの探索をテーマにしたものが多いことは言うまでもありません。ホメロスの『イーリアス』と『オデュッセイア』は、戦いと故郷に帰るまでの苦難の旅を歌っていますし、中世の『ローランの歌』や『エル・シッドの歌』は戦いをテーマにした英雄叙事詩です。印刷術の発達していない時代に、口承で伝え、語り継がれてきた叙事詩を通して人々は韻律を踏んだ響きのよい言葉が織り上げる物語を聞いてイマジネーションの世界にひたっていました。つまり、叙事詩を聞いて人々が織り上げる世界は、物語という夢の世界だったのです。聴衆は吟遊詩人が歌う物語という船に乗って、それぞれに長く続く夢の世界を航海していたのです。

近代に入り、印刷術が発達して、小説が文学上のジャンルとして重要な位置を占めるようになると、小説家がその夢を織って語る仕事を担うようになります。人々はそれぞれ密室で小説という夢の世界にひたるようになるのですが、やがて映画が登場してくると、今度はスクリーン上の映像を通して夢の世界に入るようになります。この映画に関しては、クロード・エドモンド・マニーという人が面白いことを言っているので、以下に紹介しておきましょう。

> 近代人は、映画館のなかで、自分と同じ五千人もの観客の真ん中にいながら孤独なのである。その観客たちも、彼と同じように、自分たちの内心の夢におぼれ、スクリーンと、その上に展開される物語によって催眠術をかけられ、一時的にお互いに異邦人とされている。……これらの人々のひとりひとりが見る映画は、彼の映画であって、監督が演出した映画ではない。それは、その人が読む小説が、彼の小説であって、モーリヤックやコレットが書いた小説ではないのとまったく同じである。映画の観客は、夜ごとアラビアの話し手の物語により催眠術をかけられ、シンドバッドやシェーラザードのなかに化身された自分の夢と向かい合う聴衆のひとりひとりのように、孤独なのである。
>
> （『アメリカ小説時代』）

叙事詩、小説、映画、と夢の物語を語り伝える乗り物は変化してきました。ここにひとり、スクリーン上の映像を通して人々に夢を見させ、楽しませたいと考えて映画の世界に飛び込んだものの、挫折して映画を捨て、小説に活路を見出した作家がいます。それがこの章で取り上げるマヌエル・プイグです。

映画への挫折

マヌエル・プイグは一九三二年、アルゼンチンの地方都市ヘネラル・ビリェーガスに生まれました。ラテンアメリカ、とりわけその地方都市では映画、なかでもハリウッド映画が何よりの娯楽のひとつになっていて、プイグの母親も映画が大好きだったそうです。その影響で彼も幼い頃から映画の世界にのめりこむのですが、ハリウッド映画が中心だったので、英語に強い関心を抱いて一〇歳ごろから勉強をはじめます。勉強がとてもよくできたので中等学校へ進むことにするのですが、彼の住んでいた町にはなかったので、ブエノスアイレスにある学校に入学します。しかし、そうした学校は基本的に男子校で、強いものが優位に立つ風潮がありました。もともとスペイン系諸国に伝統的なマチスモ（男性至上主義）や暴力が嫌いで、厳しい規則にもなじめなかったプイグは、日曜日に見る映画だけが楽しみでした。その頃、クラスメートの勧めでアンドレ・ジイドの『田園交響曲』を読んで感激し、以後文学作品にも親しみますが、彼にとっては映画が関心の中心で、文学は絵を見たり、音楽を聴くのと同じようなものだったと語っています。この時期にヨーロッパ映画にも興味を持つようになり、イタリア語とフランス語を勉強しますが、語学は大変よくできたようです。

一九五〇年にブエノスアイレス大学の建築学部に進みますが、肌に合わず翌年文学部に転部しています。この頃ペロン大統領が外国映画の輸入を禁止したために、彼はひどく力を落としたそうです。一九五三年から兵役につき、翻訳、通訳の仕事につきます。その二年後、イタリア協会の奨学金をもらい、映画の勉強をしようと意気揚々とローマへ行き、ヴィットリオ・デ・シーカやルネ・クレマンといった監督のもとで助監督の仕事をしますが、監督はもちろん、俳優やエキストラ、現場の人間とうまく行かず、加えて当時イタリア映画の主流だった《ネオリアリズム》の考え方についてゆけなかったので、結局映画の世界から飛び出してしまいます。五七年にヒッチハイクでパリに出ると、その後ロンドン、ストックホルムといったようにヨーロッパ各地を転々とし、その間皿洗いをしたり、スペイン語、イタリア語を教えたりして生計を立てながら、シナリオを書くのですが、採用されませんでした。

モノローグの技法の発見

自分でも何をしていいか分からず苦しむのですが、友人から自伝的な作品を書いてみたらどうだと勧められて模索しているうちに、ふとプイグは二〇年前、故郷の町に住んでいた頃、おばたちが洗濯や料理をしながらおしゃべりをしていたのを思い出します。耳の底に残っていたおばたちの会話をもとに書きはじめてみると、思いのほかはかどり、これなら行けそうだという自信を得ます。つまり、家事をしながら相手が聞いていようがいまいがお構いなくおしゃべりを続ける女性の語りと独白が、彼の文体の基本になっているのです。ミラン・クンデラは「ジョイスはブルーム〔アイルランドの作家ジェイムズ・ジョイスの『ユリシーズ』の登場人物〕の頭の中にマイクを設置した」(『小説の精神』)といううまい言い方をしています。質はもちろん違いますが、プイグもいくぶん似たところがあります。

彼はモノローグ、つまり一人称の語りを用いればいくらでも書けるということに気づいたのですが、それが映画ではなく、実は小説の技法なのだということに思い当たったのです。ただ、問題は三人称による描写や記述ができないというのが、小説を書こうとした時にぶつかった難問でした。そこで思いついたのが、モノローグのほかに人物たちの手紙や対話などを作品に取り込むという手法でした。その点についてプイグは、「私はこれらの人物たちに手紙や人に読まれることのない日記、学校の作文を書かせることにし、そのことによってようやく三人称を使わずに小説を書くことができた」と語っています。つまり、彼はモノローグ以外に、手紙、作文、日記、報告書、あるいは感情の入らないカメラ・アイ的な記述といったさまざまな技法を用いています。そこから実験的な手法を意識的に用いている作家のように思われることがあるのですが、実は三人称による記述、描写ができないところから生まれてきた苦肉の策が成功したというのが実情です。

小説家として身を立てる

彼は一九六三年からニューヨークのケネディ空港にあるエール・フランスのオフィスで働くようになります。人生でいちばんいい時代だったと後に語っているこの時期に、アルゼンチンの田舎町という出口の見つからない閉塞状況の中で生きているさまざまな人たちの姿を描いた小説『リタ・ヘイワースの背信』を執筆し、スペインの文学賞であるブレーベ図書賞に最終選考まで残ります。この小説は六八年に出版され、翌六九年には若くして亡くなったハンサムな青年を取り巻く母親や妹、女たちの姿とその心理を追った『赤い唇』を出版しています。『リタ・ヘイワースの背信』のスペイン語版の評判はあまりよくなかったのですが、ガリマール社から出たフランス語訳のほうは、ル・モンド紙によって一九六八―六九年の最優秀作品のひとつに選ばれ、『赤い唇』も短期間ですがベストセラーにランキングされたので、自信を得た彼は小説家として身を立てることにします。

その後、一組の男女を主人公に、屈折し、ゆがんだ不毛の愛と性をテーマにした推理小説仕立ての小説『ブエノスアイレス事件』を書き上げますが、これは七三年に出版されています。

『蜘蛛女のキス』

一九七三年というのは政変の続いた激動の年で、アルゼンチンにいったん戻っていたプイグも身の危険を感じて国外に出ます。その頃から執筆にかかっていた小説『蜘蛛女のキス』を書き上げて、一九七六年、ニューヨーク滞在中に出版しますが、この作品はプイグの物語作家としての特異な才能が花開いた傑作といっても過言ではないでしょう。というのも、獄中にいる二人の男が延々と会話を続けるという特異な文体を通して、見事というほかはない物語を展開させているからです。

物語の主人公はモリーナというホモセクシャルの中年男性です。軽犯罪を犯して警察に捕まった彼は、バレンティンという名前のテロリストからうまく情報を聞き出せば、罪を軽くしてやると言われ、同じ牢に入れられます。モリーナはバレンティンと接触しているうちにいつしか惹かれるようになり、牢内で彼のために献身的に尽くします。やがて釈放されることになったモリーナは、バレンティンに頼まれてテロリストのグループと接触を持つことになるのですが、ひそかに彼を尾行していた警官隊とテロリストとの間で銃撃戦が起こり、彼は銃弾に当たって死にます。権力と反権力の象徴とも言える警察とテロリスト、両者はともに政治という男性原理の支配する世界に属していますが、モリーナは女性以上に女性的であるという点で、女性原理の具現者でもありました。そのモリーナが愚かしい暴力の犠牲者になってしまうのです。

モリーナは望んでもいないのに政治闘争に巻き込まれ、男性原理の象徴とも言えるテロリストと警察の犠牲になって犬死にとしか言いようのない悲劇的な死を遂げます。手先に使おうとした警察とグループの連絡係として利用しようとしたテロリストたち、彼らはともにモリーナを自分たちのために利用し、殺害したのですが、一方モリーナはバレンティンへの愛のために危険を顧みず行動しており、その意味できわめて純粋で美しい生き方をしたと言えるでしょう。

また、作中でモリーナは牢内での退屈な日々を紛らせるために自分が見たお気に入りの映画のストーリーを延々と語って聞かせます。すべてメロドラマ仕立てのB級作品なのですが、それだけにひたむきな愛の物語が展開されていて、それがモリーナの心の中の切ない思いと共鳴して読者の心を打ちます。モリーナの語る映画を通して、読者はそれが彼(彼女)のあこがれている愛の姿だということに気づかれることでしょう。そう考えたとき、モリーナの悲しい恋と悲劇的な死がいっそう美しく、悲しいものとして読者の前に立ち現れてくるにちがいありません。

モリーナの分身たち

プイグは『蜘蛛女のキス』から三年後に『天使の恥部』(一九七九)を出版します。この作品でプイグはメロドラマ、会話、SFと三つの異なったスタイルを用いていますが、そこには新しい境地を開こうとする意気込みが感じ取れます。美貌がもとで不幸な運命に見舞われる女優、夫との仲がうまくゆかず離婚したものの、理想の男性に出会えないまま不治の病にかかってメキシコで入院生活を送ることになるアルゼンチン女性アナ、未来社会で男性のセックス処理のために働いているW218、この三人の女性を主人公にした三つの異なった物語が並行して語られています。先の読めないスリリングで波乱に富んだストーリーに魅せられて一気に読み終えた読者は、本を閉じたとき、ここに登場してくる女性たちがいずれも男性によってもてあそばれ、利用され、単なる使い捨ての道具として用いられている、つまり男性原理の支配する社会の犠牲者にほかならないことに思い当たるでしょう。

れるはずです。

その時、改めてここに出てくる三人が『蜘蛛女のキス』のモリーナの分身であることに気づかれるはずです。

プイグは一九八〇年にメキシコからブラジルのリオデジャネイロに引っ越しますが、その年に小説『このページを読む者に永遠の呪いあれ』を発表します。作品の中心人物は、かつてアルゼンチンで組合運動の指導者として活躍したのですが、官憲に捕らえられて拷問にかけられたあと、人権擁護局の手でニューヨークに身柄を移された七四歳の老人ラミーレスと、その介護をしているアメリカ人のローレンス・ジョンの二人です。ほとんど二人の会話で終始しているのですが、そのあいだにラミーレスの夢、白昼夢、妄想とそれをもとにしたローレンス・ジョンとのやり取りが織り込まれています。そのせいで一貫性のある求心的なストーリーを追うことはむずかしいのですが、神と父をめぐる二人のやり取り、大学の教師をしていた時にローレンス・ジョンが妻と別れることになったいきさつ、ラミーレスの書いた文書をもとにローレンス・ジョンがあなたは家族のことをまったく考えていなかったとなじるくだり、その文書と暗号の書き込まれた本をもとに論文を書いて大学に復帰しようとするローレンス・ジョンの行動、以上のような行動を見る限り、彼らはともに男性原理の支配する世界の人間であることは間違いありません。二人の会話に時々出てくるラミーレスの家族やローレンス・ジョンの妻のことを考えれば、その人たちもまたモリーナや女優、アナ、W２１８と同じように男性中心の社会の犠牲者であることに思い当たるでしょう。それと同時に、ラミーレスとローレンス・ジョンにも孤独という刻印がはっきりと押されていることにも気づかれるでしょう。

マチスモとの戦い

この作品を発表したあと、八二年にはマチスモの欺瞞を暴いた『報われた愛の血』を、ついで八八年には八三歳と八一歳の姉妹とその家族やまわりにいる人たちの姿を会話を中心にして女性の老いを描いた小説『南国に日は落ちて』を発表しています。スペイン系の中南米諸国の際立った伝統であるだけでなく、どの世界にも見られるマチスモに対して、プイグは戦い、抵抗し続け、それを作品として結実させたと言っても過言ではありません。

以上に紹介した小説以外にも数々の戯曲を書いたマヌエル・プイグは、一九八二年にノーベル文学賞の候補にのぼり、またその作品がヨーロッパ各国の文学賞に輝き、これからの活躍が期待されていました。しかし一九九〇年に五八歳でエイズのため急逝します。いよいよ円熟期に入った作家だっただけにその死が惜しまれてなりません。最後に、彼が物語という夢を織るために用いたジャンルである小説、それを書く時に心がけていた言葉を引いておきましょう。

「息もつかさずストーリーを展開させて読者の興味をひきつけ、要所要所で感激させる、これが映画から学んだことで、それ以外に影響を受けていません」

10

イサベル・アジェンデ『精霊たちの家』
――ブームがすぎた後に

私は今、祖母の使っていたテーブルに座っているが、目の前に写真がうずたかく積み上げてある。その中には、色のはげたブランコのそばにいる美女ローサや私の母、ラス・トレス・マリーアスの中庭で鶏にトウモロコシをやっている四歳の時のペドロ・テルセーロ・ガルシア、身長が一八〇センチもあった若いころの祖父(あの写真を見ると、フェルラの呪いの言葉通り魂といっしょに体が縮んでいったのは本当だということが分かる)、体は大きいが見るからに傷つきやすそうな感じのする、陰気で無口なハイメ叔父と痩せていて魅力的でにこやかだけれどもどこか軽薄そうなニコラス叔父、さらには乳母や事故で亡くなる前のデル・バージェ家の曾祖父母の写真などがあった……。

祖父は九〇歳であの世へ旅立ったが、直前まで記憶はしっかりしていた。祖父の助けを借りて、私はこの物語を書きはじめたのだ。この中には、祖父が自分の手で書いた部分も含まれている。言うべきことはすべて言い終えたと考えた祖父は、クラーラのベッドに横たわった。私はそばに腰をかけ、死の訪れをいっしょに待った。間もなく、死が穏やかに訪れ、眠っている祖父を驚かせた。あの時はきっと、自分の手を撫で、額に口づけしてくれているのは妻にちがいないと夢の中で考えていたのだろう。というのも、死ぬ二、三日前から祖母が片時も離れずそばに付き添っていたのだ。祖父のあとについて屋敷内を歩きまわり、書斎でものを読んでいると、肩ごしに何を読んでいるのかのぞきこんでいた。夜は夜で、いっしょにベッドに入り、夫の肩にその美しい巻き毛の頭をもたせかけて眠ったものだった。最初のうちは神秘的な影でしかなかったが、生涯にわたって祖父を苦しめつづけた怒りの発作がやわらぐにつれて、昔と少しも変わらない姿に戻り、美しい歯並を見せてコロコロ笑い、さっと飛びすぎては精霊たちをびっくりさせるようになった。祖母はこの物語を書く手助けをしてくれた。彼女がいてくれたおかげで、エステーバン・トゥルエバはクラーラ、美しい千里眼のクラーラとその名を呼びながら幸せな生涯を閉じることができたのだ。

(『精霊たちの家』)

《ポスト・ブーム》の作家たち

かつてメキシコの詩人アルフォンソ・レイエスは、百年遅れでヨーロッパの文学が新大陸にもたらされると言ったことがありますが、その考えに立つと、新大陸で一九世紀末におこった詩の運動である《近代派》はヨーロッパでは一八世紀に起こったロマン主義に見立てることができるでしょう。ついで、ヨーロッパ一九世紀の三〇―四〇年代といえば、バルザック、スタンダール、ディケンズ、ブロンテ姉妹などが活躍していた時代に当たりますが、ラテンアメリカに目を向ければ百年遅れの二〇世紀のこの時期にボルヘス、カルペンティエル、アストゥリアスが登場してきます。

さらに、一八五〇年代から八〇年代にかけてのヨーロッパでは、フロベール、ゾラ、モーパッサン、ドストエフスキー、トルストイといった作家たちが重要な作品を生み出していたのですが、百年後の一九五〇年代から八〇年代にかけて新大陸はラテンアメリカ文学《ブーム》の時代を迎えることになります。本書でこれまで見てきた九人の作家以外にも、この時期には、メキシコの農村部で苛酷な生活を強いられている人々の姿を簡潔で力強い文体で描いた短篇集『燃える平原』や、地方ボスの姿を神話的なスケールで描いた小説『ペドロ・パラモ』などの作者、フアン・ルルフォらの作家たちの作品が、世界文学に衝撃を与えると同時に、小説を読む喜び、楽しみをもたらしたことはまだ記憶に新しいですね。

こうした作家たちに続く世代として《ポスト・ブーム》の名で呼ばれる作家が登場してきます。ルイス・セプルベダ（チリ）、メンポ・ジャルディネリ（アルゼンチン）、ルイサ・バレンスエラ（アルゼンチン）といった作家がそうですが、この世代でもっとも注目を集めているのが、チリのイサベル・アジェンデです。

クリスティを夢見て

イサベル・アジェンデは一九四二年、父親が外交官だった関係で、赴任先のペルーのリマで生まれています。イサベルが三歳のとき、両親は結婚を解消しますが、チリはカトリック教の影響が強く、離婚できなかったものですから、解消という形をとったのです。

イサベルは母親とともに首都サンティアーゴ・デ・チレにある祖父母の広壮な屋敷に引き取られて、そこで暮らすことになります。屋敷内には地下室があって、一族の思い出の品や写真、さまざまな本をはじめ雑多なものが詰め込まれていて、幼いイサベルにとって格好の遊び場になりました。その地下室で彼女は早くから本の世界に親しみ、ジュール・ヴェルヌ、ジャック・ロンドン、エミリオ・サルガリなどの少年少女向けの本を読み漁りました。一〇歳の頃にはシェイクスピアやフロイトの本を読み、またマルキ・ド・サドの本もあって、それを読んで度肝を抜かれたと語っていますから、かなり早熟の女の子だったようです。

その屋敷には祖父母のほかに少し変わったところのある二人の叔父も住んでいたのですが、

この人たちがのちに彼女の代表作、いや、ラテンアメリカを代表する作品として世界中の読者から愛読されることになる『精霊たちの家』に登場することになります。中でも、クラーラという人物のモデルになっている彼女の祖母には特異な力が備わっていたようです。というのも、心霊術師を集めて屋敷で集会を開いていたのですが、その時に大人が三人がかりでも動かせないほど重いデスクを軽々と移動させたり、重い銀製のベルや砂糖壺を手を触れずにテーブルの上で動かしたりしたそうです。のちにイサベルはこの祖母に触れて、自分は祖母から超自然的な能力を受け継がなかったけれども、この世界には理性や五感ではとらえきれない、秘められたさまざまな神秘的な力があることを教えられたと語っています。

イサベルの母はその後、外交官をしているラモン・ウイドブロという人と一緒に暮らすようになりますが、この新しい父親に当たる人が海外に赴任することになり、彼女も一九五三年からボリビアとベイルートで暮らすことになります。しかし、一九五八年、レバノンの国内が内戦状態におちいったために、一家はチリに帰国します。チリに戻ったイサベルは高校に入学し、卒業するといろいろな仕事につきます。

一九六二年、二〇歳の時に彼女はミゲル・フリーアスと結婚し、長女のパウラが生まれます。その一年後、夫とともにベルギー、スイスに留学し、そこで一年間大学に通ったあとチリに帰国します。帰国後はジャーナリストとして働くようになります。その頃から作家になりたいと考えるようになるのですが、彼女が理想と仰いでいたのはアガサ・クリスティでした。クリスティのように紅茶を楽しみ、バラ作りにいそしみながらさまざまな物語を執筆したいと夢見ていたのです。もっとも、その後作家として注目されるようになった彼女は当時を振り返って、あの頃はものを書くというのがこんなに辛く苦しいことだとは思いもしなかったと語っています。

ピノチェット政権から逃れて

彼女がジャーナリストの仕事をしている時に、国内政治が激動期を迎え、一九七〇年に父のいとこにあたるサルバドール・アジェンデが選挙で勝利を収めて、大統領に就任します。しかし、その後も政情不安と経済状況の悪化が続いたために、一九七三年にクーデタが起こり、ピノチェットに率いられた軍部が権力を掌握します。ジャーナリストをしていたおかげで、クーデタの実情やその後の軍部の独裁、恐怖政治、市民生活の実態などを知ることのできたイサベルは、歴史の表に出てこない裏話を交えながら当時のことを『精霊たちの家』の中で詳しく語っています。

彼女はクーデタ後もチリでジャーナリストとしての仕事を続けながら、政変後迫害されたり困窮している人たちの救済にあたったり、軍や警察に追われている人たちをかくまったり、亡命の手助けをしたりしました。しかし、気の休まる間のない緊張と不安の日々を送るうちに体調を崩し、不眠症に悩まされるようになります。加えて、学校に通っていた子供がいじめにあい、彼女自身も警察に目をつけられ、ついには職を失ってしまいます。そうした抑圧に耐え切れなくなった彼女はついに亡命を決意し、家族とともにベネズエラに移住することにします。当初は、祖国のことや後に残してきた母親や親族、あるいは親しい人たちのことが気にかかり、何も手につかない日々を送っていたのですが、ベネズエラの自由な雰囲気やまわりの人たちの温かい励ましのおかげで徐々に心が癒され、ふたたびジャーナリストとして仕事をはじめるようになりました。しかし、日を追うごとに祖国チリが遠のいてゆくように感じられる反面、軍部独裁の圧政下で生きる祖国の人々のことが重くのしかかり、彼女の心を騒がせるようになります。そうした思いに駆り立てられるようにして、一九八一年彼女は机に向かってタイプライターを叩きはじめます。それから丸一年かけて書き上げたのが『精霊たちの家』(一九八二)ですが、当時を振り返って彼女は次のように述べています。

私は一種の悪魔祓いの儀式として『精霊たちの家』を書きました。つまり、心の中に棲みついている亡霊たちがたえず騒ぎ立てて、安らかな気持ちにさせてくれなかったのです。そこで、彼らを追い払うための方法としてあの小説を書いたのです。ですが、文章にしてやれば亡霊たちもきっと自分たちの生を生きてゆくだろうと考えたのです。ですが、小説にする時は、彼らを自由に行動させるのではなく、私の決めた法則に従わせることにしました。私はとても原始的な方法で言葉に力を、つまり、死者をよみがえらせ、行方知れずになった人たちを呼び集め、失われた世界をふたたび作り直す力を言葉に与えようとしたのです。

それまで、子供向けのお話や戯曲をいくつか書いたことはあっても、小説を書いたことのないイサベルを突き動かしたのは、彼女の心の中に棲みついた亡霊（つまり、祖国に残してきた人たちやクーデタの騒乱の中で亡くなったり、行方不明になった人たち）であり、失われた世界を取り戻したいという願望にほかなりませんでした。自分の書いたものがまさか本になるとは思っていなかったので、『精霊たちの家』が書店に並んでいるのを見たときは、両足の力が抜けて行くような思いにとらえられたと語っています。以下に作品のあらすじをたどってみましょう。

『精霊たちの家』

貧しいけれどもたぎるような野心に燃えた若者エステーバン・トゥルエバはローサという娘をひと目見て、心を奪われます。弁護士夫妻セベーロ・デル・バーリェとニベアのあいだに生まれた長女ローサは輝くばかりに美しい娘でした。ところが、パーティの行われた日に突然亡くなってしまいます。毒を盛られたのだといううわさが流れますが、真偽のほどは分からずじまいでした。

ローサと結婚することになっていたエステーバンはその知らせを聞いて、とるものもとりあえず葬儀に駆けつけます。そこでまだ幼いけれども、奇妙な予知能力に恵まれていた末娘のクラーラに会うのですが、クラーラはエステーバンをひと目見て、いずれ自分はこの人と結婚することになるだろうと予感します。

当時エステーバンは鉱山と農場を経営していました。気性が激しく、強引なところのある彼は荒っぽいやり方ではありましたが、鉱山と農場の経営で成功を収め、巨万の富を手にします。彼はその後成長して美しい娘になったクラーラと再会し、結婚する決意を固めて広壮な屋敷を建設します。結婚後クラーラはブランカという娘と双子の息子ハイメとニコラスを産み落としました。幼い頃から超自然的能力に恵まれていたクラーラは、三本足のテーブルを通して精霊を呼び出したり、心霊術師、薔薇十字団員、カバラ学者、隠秘学者、詩人たちと交際しますが、おかげで屋敷には精霊が徘徊し、得体の知れない人たちが出入りするようになります。

一家は毎年農場のラス・トレス・マリーアスで夏を過ごしていたのですが、ブランカは向こうへ行くといつも差配人の息子ペドロ・テルセーロと一緒に遊んでいました。二人はともに成長してゆくのですが、やがてペドロ・テルセーロは農場はどんどん大きくなってゆくのに、農民の暮らしがちっとも楽にならないことに疑問を覚え、農場主のエステーバンと対立するようになります。しかし、幼友達のブランカとはその後も会い続けていました。

二人はエステーバンの目を盗んでこっそり会い続け、とうとうブランカはペドロ・テルセーロの子供を身ごもってしまいます。そうと知ったエステーバンは烈火のごとく怒り、二人を引き離そうとして、ブランカを無理やりフランス人の男性と結婚させます。結婚後に娘が生まれ、アルバと名づけますが、やがて夫のフランス人に異常な性癖のあることが分かり、ブランカは実家に逃げ帰ります。エステーバンはその頃から政治に関心を持つようになり、国会議員選挙に打って出て、当選します。

アルバは祖父母の家ですくすく育ちます。家族の中でも、とりわけエステーバンはこのアルバをかわいがりました。しかしアルバが七歳になった時に、祖母のクラーラが亡くなり、とたんに屋敷は火が消えたように寂しくなり、家族のつながりも切れてバラバラになっていきます。ブランカはその後も父親の目を盗んでペドロ・テルセーロと会い続けていました。彼は農場を出た後歌手になり、今では国民的な歌手として知られていました。

生々しいクーデタの描写

時がたち、アルバは一八歳になり、大学に進学します。その頃から国内の政治情勢が揺らぎはじめ、ついに社会党が選挙で勝利して、政権をとります。しかし、新政府の船出は多事多端で、経済状況も悪化の一途をたどり、国民生活に大きな支障をきたすようになります。そして、ついに軍が動いてクーデタを起こし、大統領官邸を攻撃します。その騒乱の中で、大統領をはじめ閣僚や側近が殺害されますが、そのなかにはアルバの叔父のハイメも含まれていました。

クーデタのあと、激しい弾圧がはじまり、国民的な歌手のペドロ・テルセーロは前政権に協力的だったという理由で警察に追われることになります。そうと知ったエステーバンは、ブランカと彼を何とか国外に亡命させますが、ついにエステーバンにも弾圧の手が伸びて、財産をすべて没収されてしまいます。抑圧された人たちの救済にあたっていたアルバも秘密警察に目をつけられ、逮捕された上にすさまじい拷問を受け、そのなかでレイプされて子供を宿してしまいます。エステーバンの働きもあってやっと釈放されたアルバは、屋敷に戻ると祖母クララの日記を読み、一族の歴史を知るとともに生きる力を取り戻し、怨念を捨てて新しい命とともに生きてゆこうとするところでこの小説は終わっています。

デル・バーリェ家とトゥルエバ家にまつわる歴史をつづったこの小説は、チリという国の一〇〇年近い歴史が織り込まれていて、しかもクラーラに象徴されるようなファンタジックな要素や波瀾万丈のストーリーも織り込まれていて、今なお世界中の読者から愛読されています。

悲劇ののちに

この作品を機に、イサベル・アジェンデは次々に作品を発表して行くようになります。一九八四年には、軍事独裁制のもとに生きる民衆や秘密警察の暴虐ぶりをテーマにした小説『愛と影について』を、一九八七年にはベネズエラと思われる熱帯地方の国を舞台にしたピカレスク小説風の作品『エバ・ルーナ』を、ついでその二年後に前作の姉妹編にあたる短篇集『エバ・ルーナのお話』を発表しています。一九八七年、ミゲル・フリーアスと離婚した彼女は、その翌年にアメリカ人のウィリアム・ゴードンと再婚し、カリフォルニアに移り住みました。

創作活動はその後も休まず続け、一九九一年には再婚相手のゴードンの人生に想を得て小説『無限計画』を出版しています。しかし、この小説を出版した年に思わぬ不幸が彼女を襲います。というのも、難病を抱えていた長女のパウラがマドリッド滞在中に倒れ、そのまま昏睡状態におちいったのです。イサベルは必死になって看護を続けますが、二年後に息を引き取ります。彼女は看護に当たっているあいだ、一族の来歴や自身のこと、チリのことなどを娘に語りかけるように書き続けていたのですが、娘の病気とその時に書き溜めたものを一冊の本にまとめ、一九九四年に『パウラ、水泡《みなわ》なすもろき命』と題して出版しています。その後も、『天使の運命』(一九九九)、『セピア色の肖像写真』(二〇〇〇)、『わが愛しのイネス』(二〇〇六)をはじめ、少年少女向けの物語などを次々に発表し、旺盛な創作活動をつづけています。彼女はもはや「ラテンアメリカ文学」という括りを越えて、世界中で読まれる作家になったことは間違いありません。

《ブーム》のあとで

メキシコの詩人オクタビオ・パスはあるエッセイで、二〇世紀前半のシュルレアリスム以降、文学運動と呼びうるものは生まれていないと言っています。そういえば、ラテンアメリカの文学《ブーム》にしても、新大陸の国々でたまたますぐれた作家たちが大勢登場してきただけで、運動と呼べるようなものではありませんでしたし、そうした事情は今も変わっていません。小説に関して言えば、現在のラテンアメリカ文学は前世紀の隆盛ぶりに比べると、いささか寂しい感がありますが、それでも若い世代の作家たちが登場してきているのは喜ばしいことです。

中でも、チリのロベルト・ボラーニョ（一九五三－二〇〇三）は邦訳もすでにいくつか出ていますが、大変力のある作家で、早死にしたのが惜しまれます。一九五三年にチリに生まれた彼はアジェンデ政権が誕生すると、祖国のために尽くしたいと考えて移住先のメキシコから帰国しました。しかし、軍事クーデタでアジェンデ政権が崩壊すると、彼も逮捕されます。友人たちの助けで何とか脱獄し、エル・サルバドル、フランスなど各地を転々としたあと、バルセローナに近い町に腰を落ち着けます。その間、皿洗い、キャンプ場の監視人、ベル・ボーイなどの仕事をしながら、空いた時間を読書と執筆に当てて、次々に作品を発表していきます。代表作としては独特のユーモアと該博な知識がちりばめられた奇妙な味わいの小説『野生の探偵』（一九九八）やある聖職者とその周辺にいる人たちを通してチリ革命前後の社会を描き出した『チリ夜想曲』（二〇〇〇）が挙げられます。さまざまな世界に生きる人間の声をポリフォニックに共鳴させて独自の重層的で奥行きのある文学的世界を創造したボラーニョの作品は読後に忘れがたい印象を残します。

一九五七年に生まれたエル・サルバドルの作家オラシオ・カステジャーノス・モヤもやはり国内の政治的混乱に巻き込まれてカナダ、コスタリカ、スペインと亡命生活を余儀なくさせられています。二〇〇一年からメキシコに住んで執筆活動を行っていますが、二〇〇七年に出版した『吐き気』で注目を集めるようになります。母親の葬儀に出席するために亡命先から一時帰国した主人公は、友人を捕まえて祖国の政治、政治家、医者、企業家、大学、学生、文学、文学者、挙句の果てには弟夫婦までののしり、悪態をつき、嘆き、怒りをぶつけます。読んでいると、最初のうちはその悪態に辟易するのですが、読み進むうちにそれが黒い笑いに変わり、ついには赤い哄笑に変わってゆくはずです。この作家の作品では、退役軍人を主人公にしたハード・ボイルド・タッチの小説『男の武器』(二〇〇一)も見落とすことができません。

今後のラテンアメリカ文学を考えるとき、二〇世紀のような文学《ブーム》の再来はまずありえないでしょうが、それでも豊かな才能に恵まれた作家たちがあちこちで生まれてくることは間違いありませんし、今後はスペインの現代文学も含めた《スペイン語圏文学》の括りで全体像をとらえてゆくべき時代に来ているのかもしれません。

あとがき

二、三年前、新書担当の古川義子さんから、「ラテンアメリカの小説がこんなにたくさん翻訳されているのに、手頃な入門書がないというのは少しさみしいですね」と言われて、「たしかにそうですね。ひとつ考えてみましょうか」とつい口を滑らせた。その上、「もし書くとしたら、若い方に読んでいただきたいので、なるべく読みやすくて、くだけた文章にする必要があるでしょうね」と余計なことまで言ってしまった。

すると、「それはいいと思います。読みやすくて、しかもラテンアメリカ現代文学の全体像がある程度つかめるような内容になればいいですね。その方向でぜひお願いします」という答えが返ってきたものだから、後に引けなくなった。

内心では、果たしてそんなものが書けるだろうかという不安はあったが、言った手前やらざるを得なかった。編集部の高村幸治さんには執筆の途中で、書いた原稿を読んでいただいて、何度も貴重な助言をいただいた。

ようやく原稿が仕上がると、古川さんにいろいろ助言をいただいて、重複しているところや余計な個所を切り詰めたり、話の展開に手を加えたりして行ったが、おかげで大変明快ですっきりしたものになったように思う。

こうして一冊の本になってみると、改めてこれまで支えてくださった方々、とりわけあたたかい励ましの言葉と助言を惜しまれなかった高村さんと古川さんにはお礼を申し上げなければならないと思っている。

そして、ぼくの手を離れたこの本は以後読者のものになるわけだから、あとはできるだけ長く愛される本であってほしいと願っている。

木村榮一

二〇一〇年一二月

本書で言及した文献

ホメロス『オデュッセイア』上・下，松平千秋訳，岩波文庫，1994

ハンス・マイヤーホフ『現代文学と時間』志賀謙・行吉邦輔訳，研究社，1974

クロード・エドモンド・マニー『アメリカ小説時代』三輪秀彦訳，フィルムアート社，1983

同『野生の探偵たち』上・下，柳原孝敦・松本健二訳，白水社エクス・リブリス，2010
オラシオ・カステジャーノス・モヤ『崩壊』寺尾隆吉訳，現代企画室，2009

本書で言及した文献

ウラジミル・ウェイドレ『芸術の運命――アリスタイオスの蜜蜂たち』前田敬作・飛鷹節訳，新潮社，1975
小川洋子『博士の愛した数式』新潮文庫，2005
開高健『オーパ！』集英社文庫，1981
開高健「才覚の人　西鶴」『開高健全集』第20巻，新潮社，1993
ミラン・クンデラ『小説の精神』金井裕・浅野敏夫訳，法政大学出版局，1990
司馬遼太郎『街道をゆく　愛蘭土《アイルランド》紀行』Ⅰ・Ⅱ，朝日文庫，1993
バァナァド・ショウ『思想の達し得る限り』相良徳三訳，岩波文庫，1931
ジョナサン・スウィフト『ガリヴァ旅行記』中野好夫訳，新潮文庫，1951
ジョージ・スタイナー『脱領域の知性――文学言語革命論集』由良君美ほか訳，河出書房新社，1972
種村季弘『魔術的リアリズム――メランコリーの芸術』ちくま学芸文庫，2010
新倉俊一『ヨーロッパ中世人の世界』ちくま学芸文庫，1998
バーナード・バーゴンジー『現代小説の世界』鈴木幸夫・紺野耕一訳，研究社，1975
フロイト『夢判断』上・下，髙橋義孝訳，新潮文庫，1969
メダルト・ボス『夢』三好郁男ほか訳，みすず書房，1970

主な作品リスト

『ラテンアメリカ文学のブーム』内田吉彦訳，東海大学出版会，1983

■マヌエル・プイグ

『リタ・ヘイワースの背信』内田吉彦訳，国書刊行会，1980
『赤い唇』野谷文昭訳，集英社文庫，1994
『ブエノスアイレス事件』鼓直訳，白水Uブックス，1984
『蜘蛛女のキス』野谷文昭訳，集英社文庫，1988
『天使の恥部』安藤哲行訳，国書刊行会，1989
『このページを読む者に永遠の呪いあれ』木村榮一訳，現代企画室，1990
『南国に日は落ちて』野谷文昭訳，集英社，1996

■イサベル・アジェンデ

『精霊たちの家』世界文学全集Ⅱ-07，木村榮一訳，河出書房新社，2009
『エバ・ルーナ』木村榮一，新谷美紀子訳，国書刊行会，1994
『エバ・ルーナのお話』木村榮一，窪田典子訳，国書刊行会，1995
『天使の運命』上・下，木村裕美訳，PHP研究所，2004
『パウラ，水泡《みなわ》なすもろき命』管啓次郎訳，国書刊行会，2002

■その他の作家たち

フアン・ルルフォ『燃える平原』杉山晃訳，書肆風の薔薇，1990
同『ペドロ・パラモ』杉山晃，増田義郎訳，岩波文庫，1992
ロドリゴ・レイローサ『その時は殺され……』杉山晃訳，現代企画室，2000
ロベルト・ボラーニョ『通話』松本健二訳，白水社エクス・リブリス，2009

『セルバンテスまたは読みの批判』牛島信明訳，水声社，1991
『埋められた鏡』古賀林幸訳，中央公論社，1996

■マリオ・バルガス＝リョサ
『都会と犬ども』杉山晃訳，新潮社，1987
『緑の家』上・下，木村榮一訳，岩波文庫，2010
『ラ・カテドラルでの対話』桑名一博，野谷文昭訳，集英社，1984
『フリアとシナリオライター』野谷文昭訳，国書刊行会，2004
『世界終末戦争』旦敬介訳，新潮社，1988
『誰がパロミノ・モレーロを殺したか』鼓直訳，現代企画室，1992
『密林の語り部』西村英一郎訳，新潮社，1994
『官能の夢――ドン・リゴベルトの手帖』西村英一郎訳，マガジンハウス，1999
『チボの狂宴』八重樫克彦・由貴子訳，作品社，2010
『楽園への道』世界文学全集 I-02，田村さと子訳，河出書房新社，2008
『果てしなき饗宴――フロベールと「ボヴァリー夫人」』工藤庸子訳，筑摩書房，1988
『嘘から出たまこと』寺尾隆吉訳，現代企画室，2010
『若い小説家に宛てた手紙』木村榮一訳，新潮社，2000

■ホセ・ドノソ
『この日曜日』筑摩世界文学大系 83，内田吉彦訳，筑摩書房，1976
『夜のみだらな鳥』鼓直訳，集英社，1984
『三つのブルジョワ物語』木村榮一訳，集英社，1994
『隣りの庭』野谷文昭・野谷良子訳，現代企画室，1996

主な作品リスト

■フリオ・コルタサル

『遊戯の終り』木村榮一訳，国書刊行会，1990

『秘密の武器』世界幻想文学大系30，木村榮一訳，国書刊行会，1981

『石蹴り遊び』上・下，土岐恒二訳，集英社文庫，1995

『すべての火は火』木村榮一訳，水声社，1993

『愛しのグレンダ』野谷文昭訳，岩波書店，2008

『通りすがりの男』木村榮一ほか訳，現代企画室，1992

『コルタサル短篇集　悪魔の涎・追い求める男　他八篇』木村榮一訳，岩波文庫，1992

■ガブリエル・ガルシア＝マルケス

『百年の孤独』鼓直訳，新潮社，2006

『族長の秋』鼓直訳，新潮社，2007

『予告された殺人の記録』野谷文昭訳，新潮社，2008

『コレラの時代の愛』木村榮一訳，新潮社，2006

『迷宮の将軍』木村榮一訳，新潮社，2007

『生きて，語り伝える』旦敬介訳，新潮社，2009

『エレンディラ』鼓直・木村榮一訳，ちくま文庫，1988

■カルロス・フェンテス

『フェンテス短篇集　アウラ・純な魂　他四篇』木村榮一訳，岩波文庫，1995

『アルテミオ・クルスの死』木村榮一訳，新潮社，1985

『聖域』木村榮一訳，国書刊行会，1978

『脱皮』内田吉彦訳，集英社，1984

『遠い家族』堀内研二訳，現代企画室，1992

『老いぼれグリンゴ』世界文学全集Ⅱ-08，安藤哲行訳，河出書房新社，2009

主な作品リスト

邦訳のあるもののみ，原著の刊行年順に示す．
複数回訳書が刊行されている作品については，
出来るだけ入手しやすいと思われる版を挙げた．

■ホルヘ・ルイス・ボルヘス

『論議』牛島信明訳，国書刊行会，2000
『永遠の歴史』土岐恒二訳，ちくま学芸文庫，2001
『伝奇集』鼓直訳，岩波文庫，1993
『エル・アレフ』木村榮一訳，平凡社，2005
『続審問』中村健二訳，岩波文庫，2009
『創造者』鼓直訳，岩波文庫，2009
『砂の本』篠田一士訳，集英社文庫，1995
『ボルヘス，オラル』木村榮一訳，水声社，1987

■アレホ・カルペンティエル

『エクエ・ヤンバ・オー』平田渡訳，関西大学出版部，2002
『この世の王国』木村榮一・平田渡訳，サンリオ文庫，1985
『失われた足跡』牛島信明訳，集英社文庫，1994
『時との戦い』鼓直訳，国書刊行会，1977
『光の世紀』杉浦勉訳，書肆風の薔薇，1990
『春の祭典』柳原孝敦訳，国書刊行会，2001
『ハープと影』牛島信明訳，新潮社，1984

■ミゲル・アンヘル・アストゥリアス

『グアテマラ伝説集』牛島信明訳，岩波文庫，2009
『大統領閣下』内田吉彦訳，集英社，1990

木村榮一

1943年大阪生まれ．神戸市外国語大学イスパニア学科卒，同大学教授を経て
現在 ― 神戸市外国語大学学長
専攻 ― スペイン文学，ラテンアメリカ文学
著書 ―『ドン・キホーテの独り言』(岩波書店) ほか
訳書 ― アストゥリアス『大統領閣下』(共訳)，コルタサル『遊戯の終り』『悪魔の涎・追い求める男』，フェンテス『アルテミオ・クルスの死』『アウラ・純な魂』，バルガス＝リョサ『緑の家』『若い小説家に宛てた手紙』，ガルシア＝マルケス『エレンディラ』(共訳)『我が悲しき娼婦たちの思い出』『コレラの時代の愛』，カルペンティエル『この世の王国』(共訳)，アジェンデ『精霊たちの家』，プイグ『このページを読む者に永遠の呪いあれ』，ドノソ『三つのブルジョワ物語』，ボルヘス『エル・アレフ』，リャマサーレス『黄色い雨』，ビラ＝マータス『バートルビーと仲間たち』ほか

ラテンアメリカ十大小説　　岩波新書(新赤版)1296

2011年2月18日　第1刷発行

著　者　木村榮一《きむらえいいち》

発行者　山口昭男

発行所　株式会社 岩波書店
〒101-8002 東京都千代田区一ツ橋2-5-5
案内 03-5210-4000　販売部 03-5210-4111
http://www.iwanami.co.jp/

新書編集部 03-5210-4054
http://www.iwanamishinsho.com/

印刷製本・法令印刷　カバー・半七印刷

ISBN 978-4-00-431296-3　　Printed in Japan

岩波新書新赤版一〇〇〇点に際して

ひとつの時代が終わったと言われて久しい。だが、その先にいかなる時代を展望するのか、私たちはその輪郭すら描きえていない。二〇世紀から持ち越した課題の多くは、未だ解決の緒を見つけることのできないままであり、二一世紀が新たに招きよせた問題も少なくない。グローバル資本主義の浸透、憎悪の連鎖、暴力の応酬——世界は混沌として深い不安の只中にある。

現代社会においては変化が常態となり、速さと新しさに絶対的な価値が与えられた。消費社会の深化と情報技術の革命は、種々の境界を無くし、人々の生活やコミュニケーションの様式を根底から変容させてきた。ライフスタイルは多様化し、一面では個人の生き方をそれぞれが選びとる時代が始まっている。同時に、新たな格差が生まれ、様々な次元での亀裂や分断が深まっている。社会や歴史に対する意識が揺らぎ、普遍的な理念に対する根本的な懐疑や、現実を変えることへの無力感がひそかに根を張りつつある。そして生きることに誰もが困難を覚える時代が到来している。

しかし、日常生活のそれぞれの場で、自由と民主主義を獲得し実践することを通じて、私たち自身がそうした閉塞を乗り超え、希望の時代の幕開けを告げてゆくことは不可能ではあるまい。そのために、いま求められていること——それは、個と個の間で開かれた対話を積み重ねながら、人間らしく生きることの条件について一人ひとりが粘り強く思考することではないか。その営みの糧となるものが、教養に外ならないと私たちは考える。歴史とは何か、よく生きるとはいかなることか、世界そして人間はどこへ向かうべきなのか——こうした根源的な問いとの格闘が、文化と知の厚みを作り出し、個人と社会を支える基盤としての教養となった。まさにそのような教養への道案内こそ、岩波新書が創刊以来、追求してきたことである。

岩波新書は、日中戦争下の一九三八年一一月に赤版として創刊された。創刊の辞は、道義の精神に則らない日本の行動を憂慮し、批判的精神と良心的行動の欠如を戒めつつ、現代人の現代的教養を刊行の目的とする、と謳っている。以後、青版、黄版、新赤版と装いを改めながら、合計二五〇〇点余りを世に問うてきた。そして、いままた新赤版が一〇〇〇点を迎えたのを機に、人間の理性と良心への信頼を再確認し、それに裏打ちされた文化を培っていく決意を込めて、新しい装丁のもとに再出発したいと思う。一冊一冊から吹き出す新風が一人でも多くの読者の許に届くこと、そして希望ある時代への想像力を豊かにかき立てることを切に願う。

（二〇〇六年四月）

岩波新書より

文学

文学フシギ帖　池内　紀
ぼくのドイツ文学講義　池内　紀
ヴァレリー　清水　徹
白　楽　天　川合康三
ぼくらの言葉塾　ねじめ正一
季語の誕生　宮坂静生
和歌とは何か　渡部泰明
ミステリーの人間学　廣野由美子
小林多喜二　ノーマ・フィールド
自負と偏見のイギリス文化 J・オースティンの世界　新井潤美
いくさ物語の世界　日下　力
漱　石 母に愛されなかった子　三浦雅士
中国の五大小説 下 水滸伝・金瓶梅・紅楼夢　井波律子
中国の五大小説 上 三国志演義・西遊記　井波律子
三国志演義　井波律子
歌仙の愉しみ　大岡　信・岡野弘彦・丸谷才一
新 折々のうた 総索引　大岡　信編
新 折々のうた 1〜9　大岡　信
第三〜十 折々のうた　大岡　信
折々のうた 正・続　大岡　信
中国名文選　興膳　宏
日本の神話・伝説を読む　佐佐木　隆
アラビアンナイト　西尾哲夫
グリム童話の世界　高橋義人
小説の読み書き　佐藤正午
魔法ファンタジーの世界　脇　明子
笑う大英帝国　富山太佳夫
季　語　集　坪内稔典
俳人漱石　坪内稔典
森　鷗　外 文化の翻訳者　長島要一
チェーホフ　浦　雅春
英語でよむ万葉集　リービ英雄
源氏物語の世界　日向一雅
古事記の読み方　坂本　勝
一億三千万人のための小説教室　高橋源一郎
ダルタニャンの生涯　佐藤賢一
漢　詩　松浦友久
フランス恋愛小説論　工藤庸子
太　宰　治　細谷　博
隅田川の文学　久保田　淳
芥川龍之介　関口安義
短歌をよむ　俵　万智
西　行　高橋英夫
新しい文学のために　大江健三郎
色好みの構造　中村真一郎
四谷怪談　廣末　保
アメリカ感情旅行　安岡章太郎
政治家の文章　武田泰淳
平家物語　石母田　正
源氏物語　秋山　虔
新唐詩選　吉川幸次郎・三好達治
万葉秀歌 上・下　斎藤茂吉

現代世界

岩波新書より

言語

ことばと思考　今井むつみ
漢文と東アジア　金　文京
漢語日暦　興　膳　宏
外国語学習の科学　白井恭弘
日本語の源流を求めて　大野　晋
日本語の教室　大野　晋
日本語練習帳　大野　晋
日本語の起源〔新版〕　大野　晋
日本語の文法を考える　大野　晋
エスペラント　田中克彦
名前と人間　田中克彦
言語学とは何か　田中克彦
ことばと国家　田中克彦
英文の読み方　行方昭夫
漢字伝来　大島正二
ことば遊びの楽しみ　阿刀田　高
日本語の歴史　山口仲美
日本の漢字　笹原宏之
日本の英語教育　山田雄一郎
ことばの由来　堀井令以知
コミュニケーション力　齋藤　孝
聖書でわかる英語表現　石黒マリーローズ
横書き登場　屋名池　誠
伝わる英語表現法　長部三郎
言語の興亡　R.M.W.ディクソン　大角　翠　訳
中国現代ことば事情　丹藤佳紀
ことば散策　山田俊雄
ことばの履歴　山田俊雄
日本人はなぜ英語ができないか　鈴木孝夫
教養としての言語学　鈴木孝夫
日本語と外国語　鈴木孝夫
ことばと文化　鈴木孝夫
心にとどく英語　マーク・ピーターセン
日本人の英語　正・続　マーク・ピーターセン
翻訳と日本の近代　丸山真男　加藤周一
日本語ウォッチング　井上史雄
仕事文の書き方　高橋昭男
日本語はおもしろい　柴田　武
英語の感覚　下　大津栄一郎
実戦・世界言語紀行　梅棹忠夫
日本語〔新版〕上・下　金田一春彦
外国語上達法　千野栄一
記号論への招待　池上嘉彦
外国人とのコミュニケーション　J.V.ネウストプニー
翻訳語成立事情　柳　父　章
日本語はどう変わるか　樺島忠夫
日本語と女　寿岳章子
言語と社会　ピーター・トラッドギル　土田　滋　訳
漢字　白川　静
四字熟語ひとくち話　岩波書店辞典編集部　編
ことわざの知恵　岩波書店辞典編集部　編

岩波新書より

遺族と戦後　田中伸尚・田中宏・波田永実
在日外国人〔新版〕　田中宏
桜が創った「日本」　佐藤俊樹
生きる意味　上田紀行
ルポ 戦争協力拒否　吉田敏浩
社会起業家　斎藤槙
日本縦断 徒歩の旅　石川文洋
ウォーター・ビジネス　中村靖彦
食の世界にいま何がおきているか　中村靖彦
狂牛病　中村靖彦
男女共同参画の時代　鹿嶋敬
当事者主権　中西正司・上野千鶴子
リサイクル社会への道　寄本勝美
豊かさの条件　暉峻淑子
豊かさとは何か　暉峻淑子
リストラとワークシェアリング　熊沢誠
女性労働と企業社会　熊沢誠
能力主義と企業社会　熊沢誠

山が消えた 残土・産廃戦争　佐久間充
技術官僚　新藤宗幸
少年犯罪と向きあう　石井小夜子
仕事が人をつくる　小関智弘
自白の心理学　浜田寿美男
科学事件　柴田鉄治
証言 水俣病　栗原彬編
現代たばこ戦争　伊佐山芳郎
東京国税局査察部　立石勝規
バリアフリーをつくる　光野有次
雇用不安　野村正實
ドキュメント 屠場　鎌田慧
過労自殺　川人博
神戸発 阪神大震災以後　酒井道雄編
現代たべもの事情　山本博史
日本の農業　原剛
ボランティア もうひとつの情報社会　金子郁容
「成田」とは何か　宇沢弘文
自動車の社会的費用　宇沢弘文

都市開発を考える　大野輝之・レイコ・ハベ・エバンス
ディズニーランドという聖地　能登路雅子
ODA援助の現実　鷲見一夫
読書と社会科学　内田義彦
資本論の世界　内田義彦
社会認識の歩み　内田義彦
科学文明に未来はあるか　野坂昭如編著
働くことの意味　清水正徳
戦後思想を考える　日高六郎
住宅貧乏物語　早川和男
食品を見わける　磯部晶策
社会科学における人間　大塚久雄
社会科学の方法　大塚久雄
地の底の笑い話　上野英信
日本人とすまい　上田篤
水俣病　原田正純
ユダヤ人　J-P・サルトル／安堂信也訳
社会科学入門　高島善哉

岩波新書より

世界史

シリーズ中国近現代史
清朝と近代世界　吉澤誠一郎
革命とナショナリズム　石川禎浩
グランドツアー 18世紀イタリアへの旅　岡田温司
玄奘三蔵、シルクロードを行く　前田耕作
マルコムX　荒このみ
パリ 都市統治の近代　喜安朗
ノモンハン戦争 モンゴルと満洲国　田中克彦
中国という世界　竹内実
毛沢東　竹内実
ウィーン 都市の近代　田口晃
好戦の共和国アメリカ　油井大三郎
空爆の歴史　荒井信一
紫禁城　入江曜子
溥儀　入江曜子
ジャガイモのきた道　山本紀夫

北京　春名徹
朝鮮通信使　仲尾宏
フランス史10講　柴田三千雄
地中海　樺山紘一
韓国現代史　文京洙
ジャンヌ・ダルク　高山一彦
多神教と一神教　本村凌二
奇人と異才の中国史　井波律子
ドイツ史10講　坂井榮八郎
ナチ・ドイツと言語　宮田光雄
古代ギリシアの旅　高野義郎
西域 探検の世紀　金子民雄
ニューヨーク　亀井俊介
中華人民共和国史　天児慧
古代エジプトを発掘する　高宮いづみ
離散するユダヤ人　小岸昭
義賊伝説　南塚信吾
民族と国家　山内昌之
アメリカ黒人の歴史〔新版〕　本田創造
諸葛孔明　立間祥介

上海一九三〇年　尾崎秀樹
絵で見るフランス革命　多木浩二
聖母マリヤ　植田重雄
ゴマの来た道　小林貞作
中国近現代史　小島晋治・丸山松幸
ピープス氏の秘められた日記　臼田昭
西部開拓史　猿谷要
陶磁の道　三上次男
日本統治下の朝鮮　山辺健太郎
玄奘三蔵　前嶋信次
孟子　金谷治
中国の歴史 上・中・下　貝塚茂樹
魔女狩り　森島恒雄
ヨーロッパとは何か　増田四郎
世界史概観 上・下　H・G・ウェルズ 長谷部文雄・阿部知二訳
歴史とは何か　E・H・カー 清水幾太郎訳
知識人と政治　脇圭平

岩波新書より

日本史

シリーズ日本古代史
農耕社会の成立　石川日出志
ヤマト王権　吉村武彦
前方後円墳の世界　広瀬和雄
木簡から古代がみえる　木簡学会編
中世民衆の世界　藤木久志
刀狩り　藤木久志
中国侵略の証言者たち　岡部牧夫・荻野富士夫・吉田裕編
日本の軍隊　吉田裕
昭和天皇の終戦史　吉田裕
清水次郎長　高橋敏
江戸の訴訟　高橋敏
漆の文化史　四柳嘉章
法隆寺を歩く　上原和
鑑真　東野治之
遣唐使　東野治之
正倉院　東野治之
木簡が語る日本の古代　東野治之
平家の群像 物語から史実へ　高橋昌明
シベリア抑留　栗原俊雄
戦艦大和 生還者たちの証言から　栗原俊雄
日本の中世を歩く　五味文彦
源義経　五味文彦
藤原定家の時代　五味文彦
アマテラスの誕生　溝口睦子
坂本龍馬　松浦玲
新選組　松浦玲
中国残留邦人　井出孫六
創氏改名　水野直樹
証言 沖縄「集団自決」　謝花直美
幕末の大奥 天璋院と薩摩藩　畑尚子
金・銀・銅の日本史　村上隆
武田信玄と勝頼　鴨川達夫
中世日本の予言書　小峯和明
「お墓」の誕生　岩田重則

シリーズ日本近現代史
幕末・維新　井上勝生
民権と憲法　牧原憲夫
日清・日露戦争　原田敬一
大正デモクラシー　成田龍一
満州事変から日中戦争へ　加藤陽子
アジア・太平洋戦争　吉田裕
占領と改革　雨宮昭一
高度成長　武田晴人
ポスト戦後社会　吉見俊哉
日本の近現代史をどう見るか　岩波新書編集部編
邪馬台国論争　佐伯有清
歴史のなかの天皇　吉田孝
日本の誕生　吉田孝
沖縄現代史〔新版〕　新崎盛暉
山内一豊と千代　田端泰子
日露戦争の世紀　山室信一
戦後史　中村政則
博物館の誕生　関秀夫

岩波新書より

山県有朋　岡　義武
福沢諭吉　小泉信三
豊臣秀吉　鈴木良一
源頼朝　永原慶二
京都　林屋辰三郎
奈良　直木孝次郎
日本の歴史 上・中・下　井上　清
米軍と農民　阿波根昌鴻
岩波新書の歴史 付・総目録 1938-2006　鹿野政直